시구문

죽은 자를 내어가는 문

시구문

지혜진 장편소설

특별한서재

차례

도망치는 방법

오늘은 허탕이다. 해가 중천에 뜰 때까지 집 안에 갇혀 있었기 때문이다. 해는 이미 서쪽으로 방향을 틀어 제 속도로 기울어가고 있었다. 속치마 안쪽에 매달아놓은 주머니가 묵직해지려면 아직도 멀었다는 사실에 덩달아 마음이 무거워졌다.

지나가는 사람이 없으니 하릴없이 앉아 있는 시간도 무척 더디게 흘렀다. 조그만 바윗덩어리 위에 쪼그리고 앉아 돌멩이를 길 안쪽으로 던졌다. 흙바닥을 사뿐히 튀어 오른 돌멩이가 반대쪽 풀숲 사이로 쏙 사라졌다. 아무 의미 없이 몇 번 돌을 던지다 그마저도 금방 시시해졌다. 나는 바짝 말라비틀어진 나뭇가지를 주워 흙바닥에 그림을 그렸다. 길쭉한 얼굴에 가느다란 두 눈, 끝이 살짝 벌어진 콧방울, 도톰한 입술에 각진 턱. 이것이 내가 기억하는 아버지의 모습이었다. 이 세상에서 흔적도 없이 사라져버린 아버지, 솔직히 이제는 아버지의 얼굴이 예전만큼 선명하진 않았다. 오래 기억하려 틈만 나면 흙바닥에 그림을 그렸지만, 시간이 지날수록 그림 속의 아버지는 조금씩 다른 사람의 얼굴로 바뀌어가곤 했다. 눈물이 차오르자 그림 속 아버지의 얼굴이 단번에 일그러졌다. 아버지가 이런 나를 보고 계신다면 뭐라고 하실까? 매일 그런 질문을 떠올렸지만, 아버지는 나에게 어떤 대답도 해줄 수 없었다.

누가 보는 사람도 없는데 주위를 의식하며 눈물을 닦았다. 이제 더는 울지 않겠다고 다짐했었다. 어머니 말대로 시간이 지나면 그리움도 점점 무뎌질까? 나는 그런 말을 쉽게 하는 어머니를 이해할 수 없어 아직도 어머니를 미워하기만 할 뿐이었다.

하루 종일 먹은 것이 없어 배가 고팠다. 이제 얼마 후면 해가 넘어가 어둠이 온 사위에 깔릴 시간이었다. 한 푼도 벌지 못한 것이 아쉬웠지만, 오늘은 이쯤에서 자리를 털고 일어나고 싶었다. 아쉬운 마음을 접어두고 혹시나 주머니가 바닥에 떨어지진 않았는지 확인했다. 그리고 아버지 그림을 다시 흙으로 덮었다. 다음엔 아버지의 모습과 조금 더 가까운 그림을 그리겠노라는 혼자만의 다짐도 잊지 않았다.

내가 늘 앉아서 시간을 보내는 이 자리는 시구문 초입 길과 성곽이 한눈에 두루두루 잘 보이는 가운데 길목에 있었다. 초입에서 시구문까지 이어진 길은 완만하게 구부러져 있는데, 가운데 길목에 서면 이쪽과 저쪽이 그런대로 훤히 잘 보였다. 시구문으로 들어서는 장례 행렬을 가장 먼저 볼 수 있고, 그 문을 나가는 모습을 가장 늦게까지 볼 수 있었다. 나무들이 서로 촘촘하게 서 있지도 않건만, 적당히 구부러진 이 길은 늘 어둡고 음산했다. 햇빛이 제대로 들지 않아서인지 나무들은 여름에도 잎사귀가 거뭇했고, 밑동에는 늘 축축하고 검은 이끼가 잔뜩 끼어 있었다. 게다가 땅을 뚫고 나온 나무뿌리들은 노인의 거친 손가락처럼 툭 불거져 있어 땅 아래 무엇이 나무를 받치고 있는 것인지 의심케 했다. 서늘하고 스산한 기운이 느껴지는 이곳에 돈을 벌기 위해 무작정 왔을 땐, 나도 많이 무섭고 두려웠다. 하지만 이제는 그런 감정들조차 무뎌졌다. 이곳은 그냥 돈을 버는 나의 일터일 뿐이었다.

'백주한테 들러 뭐라도 요기를 해야지. 집에는 가기 싫으니까.'

나는 치마에 묻은 흙먼지를 손으로 툭툭 털어내며 시구문 초입 길 쪽으로 향했다. 그런데 저만치에서 수레가 삐걱거리며 굴러오는 소리가 들렸다. 누군가 이쪽으로 오고 있었다. 나는 가던 발걸음을 멈추고 다시 바위 쪽으로 홀쩍 뛰어올라 목소리를 가다듬었다. 그리고 내가 만들어놓은 몇 가지의 이야기 중에서 어떤 것을 써먹을지 머리를 굴렸다. 바퀴 소리가 점점 더 가까이 들렸다.

수레를 끌고 오는 사람은 젊은 남자였다. 수레에 거적이 덮여 있는 것으로 보아 시신을 옮기는 것이 분명했다. 나는 수레를 끌고 오는 남자의 얼굴을 뚫어져라 응시했다. 남자는 뭐가 불안한지 연신 주위를 두리번거렸다. 무언가 들키면 안 될 것 같은 표정이었다. 그렇다면 내가 던질 말은 이미 정해졌다. 그 남자가 이쪽으로 더 걸어오기를 기다렸다. 마침내 남자가 내 앞을 막 지나가려던 참이었다.

"그런다고 감춰져요?"

내 말이 끝나기 무섭게 수레를 끌던 남자가 발걸음을 멈추고 주위를 돌아봤다. 많이 놀란 듯 잔뜩 겁을 먹고 있는 남자의 표정을 나는 놓치지 않았다. 돌멩이 하나를 주워 남자를 향해 툭 던졌다. 이번에도 가볍게 튀어 오른 돌멩이가 남자의 발 앞으로 정확히 떨어졌다.

"억울한 죽음을 이렇게 내보내면 쓰나."

누구나 뜨끔할 만한 이야기를 던져놓고 남자의 눈치를 살폈다. 이제야 내가 보인 듯 남자가 나를 노려봤다. 그렇다면 이제 걸려드는 것은 시간문제였다. 나는 바위에서 일어나 훌쩍 남자 쪽으로 뛰어내렸다.

"저, 저, 계집애 따위가 뭐라는 거야?"

남자는 일부러 큰소리를 내며 당당한 척했지만, 목소리가 아주 미세하게 떨렸다.

"계집애 따위가 한마디 했다고 가던 길 멈추던 사람이 누구더라."

나는 여유롭게 휘파람을 불며 천천히 남자 주위를 한 바퀴 돌았다. 내가 몇 년간 어머니 방에서 들려오던 수많은 소리로 배운 것은 상대의 기를 먼저 제압하는 것이었다. 상대가 아무 생각도 할 수 없게 만든 뒤, 내가 하는 말에 귀 기울이게 하는 것은 무당인 어머니가 가장 잘하는 일이었다.

"어휴, 어쩌나. 원통한 마음을 풀고 나가야 할 텐데······."

말끝을 살짝 흘리며 남자를 살폈다.

"뭐야. 너······ 뭐, 뭐야?"

나는 아예 남자 옆에 찰싹 달라붙어 귓속말을 했다.

"이렇게 시구문을 나가면 큰일 나요. 평생 원한이 들러붙어 고통 속에 살게 될 거라고요."

남자의 몸에서 시큼한 땀 냄새가 올라왔다. 긴장하고 있다는 증거였다.

"거봐요. 이렇게 땀까지 흘리고, 이게 다 벌써 기가 쇠해서······."

남자는 내 말이 채 끝나기도 전에 불쑥 성을 냈다. 그렇다면 흐름은 나에게 넘어온 셈이다.

"흠흠. 그러면 뭐? 뭘, 어쩌라는 거야?"

나는 다시 남자와 수레 주위를 뱅뱅 돌며 무슨 말로 남자를 골려먹을지, 그리고 얼마를 부를지 빠르게 머리를 굴렸다.

"특별히 알려주는 거예요. 잘 들어요."

나는 주머니 안에서 솔방울이 매달린 작은 나뭇가지 하나를 꺼냈다.

"시구문을 나가기 전에 이 가지를 시신의 손에 쥐어줘요. 그럼 푸닥거리가 될 거예요."

하마터면 말끝에 웃음이 비어져 나올 뻔했다. 하지만 걸려드는 것은 시간문제였다.

"너 혹시 무당이냐?"

어리숙한 줄 알았는데 의심도 할 줄 아는 사람이었다. 뭐라고 대답해야 할까. 여기서 이런 질문을 받은 적은 여러 번 있었지만, 아직도 적당한 답을 찾지 못했다. 난 무당도 아닐뿐더러 무당이라면 치가 떨렸다.

"글쎄요. 그게 중요할까요? 중요한 건 아저씨가 평생 원혼에 휩싸여……."

"그만해라."

남자가 나를 의심하는 것 같아 다른 말로 시선을 돌려야 했다.

"어머, 해가 지기 전에 시신을 수습해야 해요. 서둘러요."

호들갑을 떨며 재촉하자 남자가 잠깐 허둥대더니 다급한 목소리로 물었다.

"오른손? 아니면 왼손?"

이런 질문을 하는 사람은 또 처음이었다.

"음, 남자면 오른손, 여자면 왼손."

나도 모르게 허튼소리가 술술 나왔다. 남자가 내 손에 쥐어져 있던 나뭇가지를 낚아채고는 굳은 얼굴로 다시 수레를 밀기 시작했다. 하지만 남자는 나를 지나치기 전에 해결해줘야 할 것을 잊고 있었다.

"아저씨, 사례를 하셔야죠. 두 푼만 받을게요."

남자가 수레를 끌다 말고 나를 돌아봤다.

"사례? 내가 왜 너한테 사례를 해야 하는 거냐?"

나는 당황한 표정을 지으며 남자 앞으로 한 발짝 다가섰다.

"우물가에서 물 한 사발을 떠다 줘도 사례를 하는 것이 인지 상정인데, 그냥 가시면 어떡해요?"

내가 당당하게 나오자 남자가 우물쭈물하더니 소맷부리 안쪽에서 두 푼을 꺼내 내밀었다.

"너, 이거 확실한 거지? 내가 켕기는 것이 있어 너의 말을 들어주긴 했다만, 난 원래 이런 걸 믿는 사람이 아니야."

고작 두 푼을 가지고 너무 많은 이야기가 오가는 것 같아 성가셨다. 배가 고파 마음도 급했다.

"휴, 아저씨. 그것 보세요. 걸리는 게 있다면 그건 죄가 있다는 거죠. 고작 몇 푼으로 액땜을 해드린다는데 그게 아까우세요?"

내가 어이없다는 표정을 짓자, 남자가 얼굴을 붉혔다. 나는 시구문 너머를 바라보며 곧 해가 지겠다는 말을 넌지시 흘렸다. 남자도 같은 쪽을 바라보고는 급히 수레를 끌고 시구문 쪽으로 향했다. 발걸음이 아까와는 다르게 사뭇 빨랐다. 남자가 얼마나 허둥대던지, 조금 가다가 오른쪽 발목이 삐끗 꺾이고 말았다.

'웃겨. 저런 꼴이라니.'

나는 두 푼을 주머니 안으로 떨어트렸다. 안에서 짤랑이는 소리가 났다. 주머니 속 돈은 아직 몇 푼 되지 않았지만, 모두 이 시구문 앞에서 번 것이었다. 먹골총각 아버지 시신이 나가는 날 극락왕생을 빌어줘야 한다며 집에서 어머니 몰래 가져온 부적을 주었다. 물론 난 그 부적이 어디에 쓰이는 건지 관심도 없었다. 그저 먹골총각이 그걸 믿고 나에게 돈을 주면 그뿐이었다. 또 물에 빠져 죽은 숙이 오빠의 발에 흙을 묻혀 시구문을 나가게 했다. 숙이는 내 말이라면 의심부터 하는 애였지만 그날만은 달랐다. 내 말을 오래 곱씹고는 제가 아껴두었던 돈 한 푼을 내게 주었다. 시신을 내보내다 관에 넣어야 할 물건을 두고 왔다는 사람의 심부름을 한 적도 있었다. 그때그때 미리 준비해둔 몇 가지 말을 그럴듯하게 섞어가며 돈을 모았다. 이상하게도 이 시구문을 지나는 산 사람들은 귀가 얇았다. 나는 그 이유가 산 사람들은 대개 죽은 사람에 대한 측은한 마음 또는 죽음에 대한 막연한 두려움을 갖고 있기 때문이라고 생각했다. 그런 마음을 적당히 이용하며 돈을 모았다. 집에서 도망치려면 돈이 필요했고, 나는 한시가 급했다. 그런 내가 빠르게 돈을 모을 수 있는 방법은 많지 않았기 때문에 결국 어머니의 방법을 선택할 수밖에 없었다. 물론 내가 어머니를 따라함으로써 어머니가 조금 더 상처받기를 원하는 못된 심보도 한몫했다. 설마 어머니가 나 또한 어머니의 운명을 뒤따르기를 바라지는 않을 테니 말이다. 하지만 앞뒤가 맞지 않는 행동을 하며 자신을 합리화하는 것은 나에게도 몹시 피곤한 일이었다. 그러니 속는 사람들에게 죄책감을 느끼는 수고까지는 하고 싶지 않았다. 나에겐 그럴 여유가 없었다.

나는 주머니를 다시 속치마 안에 매달고 백주가 일하는 주막으로 향했다. 백주가 주막을 떠나기 전 만나야 한다는 생각에 걸음이 빨라졌다. 시구문 초입 길을 지나 오른쪽 샛길로 들어서면 백주가 일하는 주막으로 가는 지름길이 있었다. 그 샛길로 접어들려 하는데, 지게를 멘 할아버지가 아주 천천히 시구문 초입 길로 걸어오는 것이 보였다. 할아버지는 멀리서 보아도 행색이 남루했고, 병색이 완연했다. 잔뜩 굽은 허리에 간신히 얹힌 지게는 가느다란 어깨 위에서 금방이라도 흘러내릴 것처럼 위태로웠다. 지팡이를 잡은 손은 힘없이 흔들려 곳곳에 얼음이 낀 땅을 제대로 짚어내지 못했다.

나는 서둘러 할아버지가 지나갈 시구문 초입 길로 다시 방향을 바꾸었다. 할아버지는 내 쪽으로 가까이 걸어오면서도 몇 번씩 넘어질 듯 비틀거렸다. 나는 뭐라도 도와주고 싶은 마음에 할아버지 쪽으로 가까이 다가갔다.

툭.

조심한다고 했는데 내 어깨에 무언가 부딪혔고, 할아버지는 그 작은 힘도 버티지 못해 제자리에 풀썩 주저앉았다. 지게 위에 멍석으로 둘둘 말은 시신 한 구가 얹혀 있었다. 새끼줄로 동여맨 시신이 바닥으로 구르지 않은 것만 해도 다행이었다. 멍석밖으로 양발이 비죽 나와 있었는데, 그 발과 내 어깨가 부딪힌 것이었다.

"할아버지, 죄송해요. 괜찮으세요?"

나는 조심스럽게 할아버지를 일으켜 세웠다. 주름진 작은 눈에 진득한 눈곱이 꾸덕꾸덕 붙어 있었다. 할아버지가 괜찮다는 듯 연신 고개를 끄덕였다. 나는 지게 밖으로 나온 작은 발을 보았다. 나보다 더 어린 아이의 발이었다. 살아 있었다면 어디든 땅을 딛고, 개울가에 첨벙 뛰어들었을 발이었다. 발은 계속 자라 짚신을 몇 번이고 바꿔주었어야 했을 것이다. 몸이 성치 못한 할아버지는 짚신을 자주 바꿔줘야 하는 수고도 잊은 채 기쁜 마음으로 새끼줄을 꼬았을 것이다. 하지만 이제 그 발은 너무도 거무죽죽해 살아 있었음을 의심케 할 정도였다.

"내 손녀딸이다. 너보다는 더 어리겠구나. 몇 살이냐?"

할아버지의 입에서 단내가 풀풀 풍겼다.

"열다섯 살이에요."

차갑게 굳은 그 애의 양발과 금방이라도 주저앉을 것 같은 할아버지의 연약한 발이 안타까웠다. 누구도 이 땅을 제대로 딛지 못하고 있는 건 마찬가지였다. 겨울을 알리는 바람과 벌써부터 차디차게 굳어가는 땅은 그들에게 몹시도 잔인하게 느껴졌다. 거무죽죽한 아이의 발이 안타까워 시선을 떼기가 어려웠다.

"어서 가렴. 바람이 차구나. 여기는 항상 그렇지. 겨울이 가장 먼저 오고, 봄이 가장 늦게 오는 곳이니까."

할아버지는 서서히 어둠이 몰려오는 시구문을 바라보았다. 할아버지가 끙 하고 앓는 소리를 하며 다시 허리를 곧추 세우자 바닥을 짚은 지팡이가 흔들렸다. 어떤 사연인지 묻고 싶었지만 입이 떨어지지 않았다.

휘이이이, 삐이이.

귓가에 아주 가느다란 풀피리 소리가 들렸다. 그 소리 위에 어린 여자아이의 울음소리가 얹혔다. 소리가 나는 곳을 찾아 두리번거렸지만 길 위엔 나와 할아버지, 그리고 지게에 얹힌 아이의 시신밖에 없었다. 바람 소리라고 생각했을 때, 마치 그게 아니라는 것을 알려주려는 것처럼 또렷이 들렸다.

　순식간에 목덜미에 소름이 확 끼쳤고, 어깨가 저절로 움츠러졌다. 어디서 들려오는 소리인지 주위를 둘러보았지만 아무도 없었다. 나는 어찌해야 할 바를 몰라 그저 할아버지를 물끄러미 바라봤다. 할아버지의 주름진 작은 눈에서 진득한 눈물이 비죽 흘러내렸다. 어린 손녀가 아직 울고 있다는 것을 알고 있는 것일까.

　"할아버지, 아이 발이 너무 차가워 보여요."

　나는 지게 위에 떠 있는 아이의 두 발을 조심스럽게 만져보았다. 사람의 감촉이라기보다 뻣뻣한 나무토막 같았다. 나는 망설일 것도 없이 신고 있던 버선을 벗어 아이의 발에 신겨주었다. 할아버지가 곁눈질로 나를 보며 훌쩍였다.

　"우리 선아가 이제 좀 따뜻하겠구나. 이 할아비가 끝까지 무심했어."

　할아버지가 바짝 마른 목소리로 흐느꼈다.

　"그런데 너는 맨발로 괜찮겠니?"

　"네. 곧 동무를 만나서 괜찮아요."

　나는 웃으며 꾸벅 인사를 했다. 할아버지가 천천히 손을 흔들어 보이고는 시구문을 향해 걸어갔다. 나는 할아버지와 그 아이를 향해 손을 흔들었다. 할아버지가 조금 걷다 뒤를 돌아보았다. 시구문 밖으로 나가야 하는 아이와 홀로 삶 속에 남겨질 할

아버지가 안타까워 발길이 쉽게 떨어지지 않았다.

***

"네. 그럼 다음번에 꼭 주세요."

낮은 담 너머로 백주의 목소리가 들렸다. 나는 성질이 버럭 나 주막 안으로 뛰어들어가며 소리쳤다.

"이 바보 멍청이 같은 놈."

백주는 나를 보고 놀라는 눈치였다. 지난번 크게 다툰 이후로 처음 마주친 데다, 내가 욕지거리를 하니 더 당황한 것 같았다. 나는 백주가 놀라거나 말거나 백주의 저고리 깃을 세게 끌어당겼다.

"아악, 아파. 아프다고."

백주가 소리를 꽥 질렀다.

"이 모자란 놈아. 돈을 받아가야 아버지 약값을 대지."

백주가 나뭇짐을 부리는 '창수 주막'은 신당골에서 가장 장사가 안되는 집이었다. 그러니 백주가 제아무리 성심성의껏 좋은 나무를 골라 잔뜩 내려놓아도 돈을 받지 못하는 날이 부지기수였다. 거기다 주모인 창수댁은 어쩌다 줄 수 있는 푼돈도 며칠 걸러 주기 일쑤였다. 타고난 본성이 악질인 사람이었다.

"아주머니, 오늘은 백주 돈 주세요. 이놈, 오늘 아버지 약 받아가야 한다고요."

창수댁이 내 말을 듣고도 못 들은 척 고개도 돌리지 않았다.

"돈 주세요. 사람을 부리고 돈을 안 주니 장사가 잘될 리가 있어요?"

창수댁이 삿대질을 하며 나에게 덤벼들었다.

"요년이 지금 뭐라는 거야? 네년 어미가 무당이라고 지금 나를 음해하는 게야?"

백주가 안절부절못하며 내 팔을 잡고 끌어당겼다.

"지금 날 말릴 때야? 같이 돈을 받아내도 모자랄 판에."

백주가 한 손으로 지게를 낚아채고는 나를 아예 주막 밖으로 끌고 나왔다. 늘 비실비실한 녀석이 이럴 때는 또 어디서 이런 힘이 생기는 건지 알 수 없었다.

"백주 너, 기련이 저년 또 데리고 오면 아예 나뭇짐도 안 받을 줄 알아!"

창수댁이 씩씩대며 나를 향해 굵은 소금을 뿌렸다. 소금까지 뒤집어쓰니 부아가 치밀었다.

"가뜩이나 장사도 안되는데 재수 없게 어디서 무당 딸년이 시비야?"

무당 딸년, 몇 년이 지나도 익숙해지지 않는 나의 또 다른 이름이었다. 내가 어머니 딸로 태어나 얻게 된 지긋지긋한 운명이었다. 어머니와 별개인 나를 싸잡아 비난하는 말이 나는 죽도록 싫었다.

"뭐? 무당 딸년?"

나는 악다구니를 쓰며 백주가 붙잡은 손을 뿌리쳤다. 하지만 그럴수록 백주는 굳게 버티고 서서 나를 꼼짝 못 하게 했다. 그래도 내가 몸부림치는 것을 멈추지 않자 혀를 끌끌 찼다.

"너, 그 성질머리부터 고쳐. 그러다 큰일 난다."

백주는 절대 나를 놔주지 않을 터였다. 내가 더 망가지는 것을 그대로 지켜볼 아이가 아니었다.

"돈은 왜 안 준다는 거야?"

"오늘 손님이 없었어. 어쩔 수 없지 뭐."

백주의 저 아둔한 모습을 보면 가슴이 답답하다 못해 화가 날 지경이었다. 내가 저 녀석의 누나였다면 매일 꿀밤을 먹여줬을 거다.

"넌 생각이 있니, 없니? 그럼 다른 곳을 알아봐야지. 저 주막에 계속 나무를 부리는 이유가 대체 뭐냐고."

백주는 이제야 나를 잡고 있던 손을 놓고 지게를 고쳐 멨다.

"안됐잖아. 장사도 안되는데 늘 불을 피워놔. 불을 얼마나 애지중지한다고. 언제 올지 모르는 손님을 위해서 불을 한시도 못 꺼."

기가 찼다.

"그러는 너는? 아버지는 아프시고, 어린 백희까지 있는데 너는 괜찮아?"

나는 백주의 어깨에 올려진 무게를 잘 알고 있었다. 백주의 빈 지게만 보아도 슬퍼지는 이유 역시 그 무게 때문이었다. 나는 속치마 안쪽에 매달아놓은 주머니를 꺼냈다. 돈이 필요하기는 나도 마찬가지지만, 백주를 위해 기꺼이 쓸 돈은 있었다.

"나백주, 같이 가."

이번에는 내가 백주의 팔을 잡아끌었다. 김 의원 댁으로 가는 방향이었다. 백주가 당황한 얼굴로 나를 바라봤다.

"나 돈 없어. 그냥 집으로 갈래."

"나는 돈 있어. 네가 싫어하는 내 돈."

나는 돈이 든 주머니를 흔들어 보였다.

"너 또 시구문 앞에서 허튼소리 하고 돈 뜯어낸 거냐?"

백주가 한심하다는 듯 나를 쳐다봤다. 지난번에 싸운 이유도 백주가 나를 한심하게 여겼기 때문이었다. 정직하게 일하는 백주에게 내가 얼마나 마뜩잖게 보이는지 나 역시 잘 알고 있었다.

"넌 어머니가 하는 일이 싫다면서 왜 똑같은 일을 하는 거야?"

"보고 배운 도둑질이 이것뿐이라서 그런다. 왜?"

피하고 싶은 질문을 받았으니, 대답이 어설플 수밖에 없었다. 내가 가자미눈을 뜨자 백주가 한심하다는 듯 고개를 저었다.

"또 똑같은 이야기라 싸움이 되겠지만, 난 네가 그런 일을 하는 건 싫다. 죽은 사람 갖고 장난치는 것도 아니고. 허구한 날 그 으슥한 시구문 앞에서 죽치고 있는 것도 싫다."

나도 똑같은 대답을 할 수밖에 없다.

"난 하루빨리 돈 모아서 집을 나갈 거야. 도망칠 거라고. 지금 좋은 방법 같은 건 없어."

백주가 나를 빤히 쳐다봤다. 나도 내가 얼마나 우스워보일지를 안다. 하지만 마음이 조급했다. 아까 시구문 길에서 할아버지를 만났을 때 들렸던 그 풀피리 소리도 신경 쓰였다. 요즘 들어 그것과 비슷한 일들이 자꾸 생기는 것도 나를 불안하게 했다. 이러다 아무것도 못 하고 어머니처럼 운명을 따라야 한다고 생각하면 심장이 발끝으로 툭 떨어져버리는 것 같았다. 볼품없는 나일지라도, 이런 내가 사라질 것 같아 겁이 났다.

"난 네가 투정부리는 것으로밖에 안 보여. 넌 싫다고 하지만, 어머니가 계신 게 얼마나 다행인 건지 넌 몰라."

어쩌면 백주는 나보다 내 상황을 더 잘 알고 있었다. 어머니가 있어 도망칠 궁리라도 할 수 있다는 것을 말이다. 나는 도망칠 생각이라도 하지만, 백주는 그런 생각조차 할 수 없었다. 나에게 이런 말을 해줄 수 있는 사람은 백주뿐이었다. 푼돈이라고는 하지만 떳떳하지 못한 돈이라는 것을 기억해야 했다. 하지만 그렇다고 이대로 순순히 물러날 내가 아니다.

"너, 김 의원 댁 갈 거야, 말 거야?"

나는 머뭇거리는 백주를 내 쪽으로 끌어당겼다. 나보다 힘도

센 놈이 슬슬 끌려왔다. 백주도 마찬가지일 것이다. 어쩔 수 없는 상황에 밀려 생각과 판단도 미뤄둔 채 할 수밖에 없는 일이 많다는 것을.

"하, 내 팔자야. 너한테 오면 식은 밥 한 덩어리라도 얻어먹을 줄 알았는데. 밥도 못 먹고, 돈까지 주고 이게 뭐냐고!"

나는 일부러 크게 앓는 소리를 냈다. 그때 백주의 배 속에서 꼬르륵 소리가 났다. 굶고 있는 건 나뿐만이 아니었다. 백주가 멋쩍게 웃으며 뒤통수를 긁적였다.

"뛰어가자. 그럼 배고픔을 잊을 수 있어."

무언가를 잊기 위해 뛰는 것밖에 할 수 없는 백주를 나는 잘 알고 있었다.

"난 뛸 힘도 없다고."

"근데 너 왜 맨발이냐?"

창수댁에게 악다구니를 쓰느라 발이 시린 것도 깜빡했다.

"아, 그거 누구한테 신겨줬어."

백주가 의심의 눈초리로 나를 쳐다봤다.

"뭐 또 한심한 짓 한 건 아니고?"

내가 달려들자 백주가 질겁하며 뛰기 시작했다. 앞서 뛰는 백주의 등에 빈 지게가 쓸쓸히 흔들렸다. 저 위에 무엇을 얹어야 빈자리를 채울 수 있을까? 백주가 느끼는 허기의 정체가 무엇인지 알기에 콧등이 시큰했다. 그러니 그 모든 것을 잠시 잊기 위해서 나도 따라 달려야 했다. 머릿속으로 무엇을 잊고 싶은지 떠올렸다. 많은 것이 하나둘 모습을 드러냈다. 부쩍 차가워진 바람이 몸을 아프게 떠밀었다. 머리가 아찔해 그 자리에 주저앉고 싶었다. 이대로 어디론가 도망칠 수 있다면 얼마나 좋을까. 그러다가 아무리 달려도 제자리일 것만 같아 덜컥 겁이 났다. 붙잡을 것이 필요했다. 백주는 흘러내리는 지게 끈을 고쳐 메면서도 뛰는 것을 멈추지 않았다. 나도 발끝까지 내려앉은 마음을 붙잡아야 했다. 그저 백주의 지게를 바라보며 뛰었다. 어느 집에서 아궁이에 불을 지피는지 어둑한 하늘 위로 하얀 연기가 구름처럼 또 꽃처럼 피어오르고 있었다.

누구에게나 있는 것

아버지는 갑자기 세상을 떠났다. 전날 같이 저녁밥을 먹었고, 평상에 앉아 달을 올려다보며 저 달이 어제와 어떻게 다른지, 내일은 또 어떻게 달라질지 이야기를 나누었다. 그날의 아버지는 그 전날과 같았다. 내일도 분명 같은 모습일 것이라는 것을 의심조차 하지 않았다. 하지만 또 아침을 맞이하고 하루를 보낼 줄 알았던 아버지는 이제 다시는 아침을 맞이할 수 없는 저세상 사람이 되었다. 하룻밤 새에 벌어진, 도저히 납득할 수 없는 일이었다.

나는 아버지가 돌아가신 충격 때문인지 한동안 지독한 열병을 앓았다. 그리고 얼마 후 어머니는 무당이 되는 내림굿을 받고는 아주 다른 사람이 되어버렸다. 이 또한 도저히 납득할 수 없는 일이었다.

서방 잡아먹은 년.

사람들이 입을 가리고 내뱉는 말은 너무나도 험악하고 적나라했다. 동네 사람들은 어떻게 하면 나와 어머니에게 더 심한 악담을 할 수 있을지 안달이 난 것 같았다.

여편네 기가 세니 남자가 숨이 붙어 있을 수가 있나.

소문의 시작은 어머니에 대한 것들이었다. 아버지의 죽음을 어머니 탓으로 돌리려는 사람들의 가벼운 입놀림에 진절머리가 났다. 대꾸할 가치도 없다 싶다가도 하루에도 몇 번씩 부아가 치밀어 동네 사람들을 기어코 들이받는 일이 생긴 것도 여러 번이었다. 그러다 그마저도 그만두게 된 이유는 소문과 악담이 방향을 바꾸어 나에게까지 이르렀기 때문이었다.

신내림은 대를 통해 전해진다는데, 딸년도 제 어미 인생 따라갈 거 아냐.

사람들이 소문을 사실로 받아들이고 퍼뜨리는 데는 아주 짧은 시간밖에 걸리지 않았다. 나는 소문이 두려워 밖에도 나가지 않고 하루 종일 집 안에만 틀어박혀 있었다. 처음엔 흘려들었지만, 소문이 사실로 느껴지기까지의 시간은 오래 걸리지 않았다. 어머니를 보면 소문들이 생각나, 같은 집 안에서도 어머니와 마주치지 않으려 애썼다. 소문을 만들어 퍼뜨리는 사람들에 대한 미움이 점점 어머니에게로 옮겨갔다. 정말 어머니 때문에 아버지가 잘못된 것이 아닌가 하는 생각에 괴로웠다.

어머니가 아무런 해명을 하지 않는 것이 마뜩잖았다. 나를 위해서 나서주지 않는 것도 원망스러웠다. 원망이 커질수록 의심도 몇 갑절씩 불어났다. 나는 어머니처럼 무당이 되고 싶지 않았다. 의지와 상관없는 운명이 불쑥 나를 찾아올까 하루하루 두려웠다. 하지만 어머니는 나에게 그 어떤 말도 해주지 않았다. 내가 두려워한 것은 소문이 사실로 되어가는 과정이 아니었다. 바로 어머니의 침묵이었다.

이해할 수 없는 일은 그뿐만이 아니었다. 낮에는 어머니를 향해 온갖 악담을 쏟아내던 사람들이 밤만 되면 우리 집을 찾아왔다. 어머니는 그 사람들이 우리를 욕보이고 있다는 사실을 알면서도 그들이 묻는 말에 대답을 해주었다. 그리고 그 사람들이 내놓고 가는 돈이며 먹을 것을 받았다. 삶은 아버지가 살아계실 때보다 나아졌다고 할 수 없었지만, 그런대로 굶지 않을 수 있었다. 그 점이 나를 가장 힘들게 했다. 산 사람은 살아야 해서 먹을 것과 잠잘 곳이 필요했다. 나는 이러지도 못하고 저러지도 못하는 하루하루를 견뎌내야 했다. 사는 것이 죽는 것보다 무엇이 더 좋은 건지, 많은 것이 애매했고 복잡했다.

'아버지, 아버지는 좋으시죠? 편안하시죠? 그곳엔 동무들도 많겠죠? 저는 하루 종일 누구와도 말하지 않고 있어요.'

낮 동안 못다 흘린 눈물은 밤이 되면 걷잡을 수 없이 터져 나왔다. 밤마다 변하는 달처럼, 내 마음도 모양을 바꾸어가며 꽤 오랜 시간 나를 붙들고 괴롭혔다.

***

"기련아."

어머니가 밖에서 걸어 잠근 내 방 문을 열며 말했다. 어제도 오늘도 점심때가 다 지날 때까지 방 안에 갇혀 있었다. 어머니가 밥상부터 내 방 안으로 들이밀었다.

"어서 먹어라. 배고프지?"

나는 어머니의 말을 고분고분 따를 생각이 없었다.

"꿈에서 아버지 만났어요."

어머니가 방문을 닫으려다 멈칫했다.

"그랬어? 아버지 잘 계시지?"

아버지 이야기를 할 때면 너무나도 담담한 어머니의 반응이 늘 나를 헷갈리게 했다.

"어머니는 아버지 소식 모르세요?"

어머니가 나를 바라봤다. 곱게 분칠한 얼굴에 아무런 표정이 없었다. 언젠가부터 나는 어머니의 표정을 보면서도 무슨 말을 하려는 건지 전혀 가늠할 수 없었다. 어머니의 속을 알 수 없다는 답답함이 자꾸만 나를 어머니와 반대 방향으로 떠밀었다. 나는 또 그만 불쑥 화가 나 자리를 박차고 일어났다.

"하루 종일 또 굶겠다는 거니?"

어머니와 나는 서로가 원하는 그 어떤 질문과 대답도 하지 않은 채, 꽤 오랜 시간 어긋난 길을 걷고 있었다. 나는 바닥에 널브러져 있던 짚신을 아무렇게나 신고 집을 나섰다. 코가 매울 만큼 공기가 싸늘했지만 올려다본 하늘은 너무나도 맑고 푸르렀다. 아무렇게나 꽝꽝 화를 내고, 어린애처럼 울고 싶은 마음이었는데 날이 너무 맑아 스스로가 초라하게 느껴졌다. 어디로든가 몸을 숨기고 싶어 모퉁이 길로 내달렸다. 그때, 모퉁이 안쪽에서 영신 할멈이 기다렸다는 듯 불쑥 튀어나와 나를 막아섰다.

"앗, 깜짝이야."

나는 귀신이라도 본 듯 그 자리에 우뚝 멈춰 섰다.

"쯧쯧, 모자란 년."

영신 할멈이 다짜고짜 나를 향해 혀를 찼다. 어제오늘 내가 간혀 있을 때, 영신 할멈은 어머니와 같은 방에 있었다. 영신 할멈과 어머니가 무슨 일을 하는지는 잘 모른다. 그저 일 년에 두 번 이틀간 영신 할멈이 오는 날은 어머니의 곡소리가 반나절 동안 끊이지 않았고, 나는 그 시간 동안 방 안에 갇혀 꼼짝도 할 수 없었다. 이런저런 이유로 나는 영신 할멈을 도저히 좋게 볼 수가 없었다. 방 안에서 무슨 일을 하기에, 어머니의 비명과 영신 할멈의 주술 소리가 끊이지 않는 것인지 알다가도 모를 일이었다.

나는 영신 할멈과의 기 싸움에서 밀리고 싶지 않아 고개를 똑바로 들고 눈에 힘을 주었다. 영신 할멈은 이가 다 빠져 말할 때마다 입에서 바람 빠지는 소리가 났다. 아무렇게 뒤죽박죽 엉킨 백발에 두 눈은 개구리처럼 불쑥 튀어나와 있었다. 콧등은 새 부리처럼 단단하게 휘어 있어 여러모로 사람을 불편하게 만드는 용모였다. 이 세상에 정말 귀신이 있다면 아마 영신 할멈 같은 모양새일 것이다. 하지만 그중에서 가장 싫은 건 영신 할멈의 눈빛이었다. 나를 못마땅해하는 그 눈빛, 어머니를 위아래로 훑어보는 그 기분 나쁜 눈빛 앞에서는 준비했던 말도 잘 나오지 않았다.

"네 어미가 그리 싫으냐? 못된 년."

다짜고짜 욕을 들으니 참을 수가 없었다. 오늘은 나도 무조건 치고받는 날이다.

"그게 할멈이랑 무슨 상관이야?"

"네 어미한테 잘해. 모자란 년 살리느라 네 어미가……."

영신 할멈이 손가락을 뻗어 내 눈을 찌르려고 했다.

"그만하세요."

언제부터 보고 있었는지 한걸음에 달려온 어머니가 나와 영신 할멈 사이를 가로막았다.

평소와 다르게 다급한 어머니의 말투와 행동이 낯설었다. 영신 할멈이 어머니를 제치고 나에게 다시 달려들려 하자 어머니가 거친 숨을 내뱉으며 나를 와락 끌어안았다. 어머니의 품에서 짙은 향내가 났다.

"어린애한테 무슨 말을 하시려고요. 이제 그만 가세요."

영신 할멈이 아니꼬운 듯 어머니를 노려봤다.

"쯧쯧, 제 팔자 제가 꼬는 거지. 그런다고 망나니 같은 딸년이 알아줘?"

어머니는 입을 꼭 다물고 아무런 대꾸를 하지 않았다. 나를 감싸 안은 어머니의 양팔이 미세하게 떨렸다. 영신 할멈은 어머니 품에 안긴 내가 못마땅해 죽겠다는 듯 눈알을 굴렸다.

영신 할멈은 무슨 말을 더 하려다 멈칫하더니 다시 모퉁이 쪽으로 향했다. 영신 할멈 손에 오늘 제사를 지낸 음식 보자기가 들려 있었다. 어머니는 영신 할멈이 갔는데도 나를 끌어안은 손을 풀지 않았다. 어머니의 심장 뛰는 소리가 내 귓가에 닿았다.

어머니의 품이 어린 시절 안겼던 품과 다르지 않다는 것이 오히려 낯설게 느껴졌다. 어머니 손을 슬쩍 떼어내자 어머니가 안타까운 눈으로 나를 바라봤다. 하지만 나는 어머니의 그런 눈빛이 싫었다.

***

시구문으로 갈까 하다, 방향을 바꿔 근처 개울가로 향했다. 시원한 물소리도 듣고 차가운 개울물에 세수라도 하면 답답한 마음이 풀릴까 싶어서였다.

긴 겨울의 시작이 코앞이었다. 개울가에는 평소보다 많은 아주머니들이 나와 빨래를 하고 있었다. 각자 옆에 빨랫감들이 쌓여 있었다. 개울물이 얼기 직전이라 집 안에 묵혀둔 옷과 이불홑청 등을 갖고 나온 모양이었다. 제법 싸늘한 바람에 코끝이 쩡해졌다. 나무 숲 사이로 한줄기 햇살이 개울가에 드리워져 있었지만, 그 온기가 며칠 전과는 사뭇 달랐다. 어머니를 따라 나온 어린아이 서너 명이 개울가 주변을 뛰어다니고 있었다. 빨래 두드리는 소리와 아이들이 웃는 소리가 하늘 위로 퍼져나갔다.

아주머니들이 모여 앉아 있는 곳에서 조금 떨어진 곳에 쪼그리고 앉아 개울물에 손을 담갔다. 손바닥을 작게 오므려 물을

담아 세수를 했다. 정신이 번쩍 들며 시야가 맑아졌다. 치맛자
락을 끌어다 얼굴을 닦았다. 반나절 동안 방 안에 갇혀 곡소리
와 방울 소리만 듣다 물소리도 듣고 징검다리의 반질반질한 돌
들도 보니 기분이 한결 나아졌다.

'그네 좀 뛰다 가야지.'

나는 건너편 버드나무에 매달린 그네를 타러 개울가에 듬성
듬성 놓인 징검다리를 건넜다. 그런데 반대쪽에서 한 사내아이
가 나를 향해 빠른 걸음으로 다가오고 있었다. 우리는 곧 징검
다리 한가운데서 마주쳤다.

"비켜."

내 말에 사내아이가 고개를 저으며 혀를 쏙 내밀었다.

"내가 먼저 건넜으니 비키라고."

아이는 이번에도 나를 보며 놀리듯 고개를 흔들었다. 오늘 저
아이가 날을 잘못 잡았다.

"꼬맹이가 어디서 까불어. 혼나볼래?"

내가 손을 뻗자, 그 애가 나를 먼저 밀쳤다. 이렇게 된 이상
나도 물러서고 싶지 않았다.

"이게 얻다 대고!"

그 애의 옷자락을 잡기가 무섭게 그 애도 똑같이 내 저고리
고름을 움켜쥐었다. 서로 힘을 주고 밀어젖히던 우리는 누가 먼
저랄 것도 없이 동시에 물속으로 풍덩 빠지고 말았다. 차가운

개울물이 온몸을 순식간에 빨아들였다. 온몸이 쨍하고 얼어붙을 것만 같았다. 나는 물속에서 벌떡 일어났다. 머리칼이 쭈뼛섰다. 물에 빠진 그 애가 울음을 터뜨리자 빨래를 하고 있던 한 아주머니가 "아이고, 내 새끼 동구야!" 하며 부리나케 달려왔다. 어미가 달려오자 동구라는 아이가 보란 듯이 더 크게 울었다. 동구의 이마에서 붉은 피가 뚝뚝 흘러내리고 있었다. 물속에 빠질 때 바닥에 있던 돌에 머리를 찧은 모양이었다.

"너, 어쩔 거야. 우리 애 이마를 저래 났으니 어쩔 거냐고."

이번에는 아주머니가 내 옷고름을 움켜쥐며 버럭 성을 냈다. 나는 뭐라고 말해야 할지 몰라 입을 꼭 다물었다.

"애 좀 보게. 미안하단 말 한마디 없이 어쩜 이럴꼬?"

나는 미안하다는 말을 할 생각이 없었다. 입술을 깨물고 흐르는 물만 노려보았다. 그런데 저만치에서 물길을 따라 낯익은 주머니가 떠내려가고 있는 것이 보였다. 나는 다급하게 치마 안쪽을 더듬어보았다.

'내 주머니!'

나는 아주머니를 밀치고 개울물로 다시 뛰어들었다. 차가운 개울물이 바늘이 되어 내 몸을 콕콕 찌르는 것만 같았다. 한 발 내딛기도 쉽지 않았다. 그사이 주머니는 물속으로 모습을 감췄다 다시 고개를 들었다 하며 내게서 점점 멀어지고 있었다.

"안 돼, 내 주머니."

나는 있는 힘을 다해 주머니를 향해 손을 뻗었다. 하지만 주머니는 나를 약 올리듯 더 빠르게 떠내려갔다. 개울물 소리가 점점 더 크게 귓가를 때렸고, 물속에 잠긴 발은 점점 더 무거워졌다. 머리가 어지러워 정신을 똑바로 차리려고 해도 자꾸만 주머니가 흐릿하게 보였다. 나는 물 먹은 솜처럼 그대로 주저앉았다.

* * *

눈을 뜨자마자 기억이 빠르게 선명해지면서 주머니를 건져내지 못했다는 사실이 떠올랐다.

"내 돈, 내 주머니!"

혹시나 싶어 치마 안쪽을 만져봤지만 아무것도 잡히는 것이 없었다. 내가 누워 있다는 사실을 깨닫고 허리를 세우려는 찰나, 누군가 내 앞으로 주머니를 불쑥 내밀었다.

"혹시 이 주머니를 찾고 있는 거니?"

물을 먹어 축축해진 주머니는 몇 푼 안 되는 돈을 놀리기라도 하듯 훨씬 더 홀쭉해져 있었다. 나는 주머니를 낚아채 꼭 움켜쥐었다.

"어머, 아씨. 물에 빠진 사람 구해주고, 주머니까지 찾아줬는데 고맙다는 말 한마디가 없네요."

나는 정신을 차리고 주위를 둘러보았다. 내 또래와 비슷해 보이는 여자아이 두 명이 나를 보고 서 있었다. 한 명은 양반집 여식 같았고, 한 명은 몸종 같았다. 이런 이들이 나를 구해주었다니 자초지종이 궁금했다. 게다가 내 몸에 덮인 쓰개치마는 얼핏 보기에도 고급 비단으로 만든 것이었다. 누구의 것인지는 분명했다. 희고 둥근 얼굴, 곱게 땋은 머리, 은은한 진달래 빛 저고리와 옥색 치마, 자수가 놓인 꽃신. 나는 단박에 그 사람의 것이라는 걸 알았다. 솜이 곱게 누벼진 쓰개치마가 물에 젖은 내 몸을 녹여주었다는 사실이 고맙기도 하고 민망하기도 했다. 나는 쓰개치마를 천천히 걷어내 묻어 있는 물기를 툭툭 털었다. 아직 꽃이 피려면 멀었지만 어디선가 꽃향기가 그윽하게 나는 것 같았다.

"향이가 쓰러진 너를 건져주고, 물에 떠내려가는 주머니도 건져 왔단다."

향이라는 애의 정강이 아래가 젖어 있었는데, 그래도 뭐가 좋은지 연신 얼굴에 웃음이 가득했다. 내가 그걸 보고도 아무 말이 없자 그 애가 목청이 보일 정도로 크게 웃더니 내 어깨를 툭 치며 말했다.

"우리 소애 아씨가 그 아주머니한테 약값에 쓰라고 돈까지 쥐여주셨어."

나는 한 번도 받아본 적 없는 뜻밖의 호의에 뭐라고 대답을 해야 할지 몰라 머뭇거렸다. 주머니를 찾아준 것만 해도 고마운 일이었다. 그 주머니는 내가 유일하게 갖고 있는 아버지의 유품이었다. 어머니가 나 몰래 아버지의 유품을 모조리 태워버린 날, 불길 속에서 집어 올린 아버지의 마지막 흔적이었다. 그런데 약값까지 주었다니 더 없이 고마운 일이었다.

"정말 고맙습니다. 제가 갑자기 정신을 잃어서……."

향이가 아씨를 바라보며 어깨를 으쓱 올렸다.

"괜찮아. 어디 다친 곳은 없니?"

물에 젖은 옷이 살갗에 닿아 한기가 느껴졌지만, 크게 아픈 곳은 없었다.

"네, 괜찮습니다. 그런데 이 쓰개치마는 다 젖어버려서 어떻게……."

아씨가 웃으며 다가와 쓰개치마를 받았다. 희고 가느다란 손가락이 내 손등에 닿았다. 나는 너무 놀라 몸이 살짝 움츠려졌다.

"나도 괜찮아. 마음 쓰지 않아도 돼. 집이 멀면 가져가도 되고."

나는 고개를 슬쩍 들어 아씨를 올려다봤다.

"아닙니다. 그렇게까지 폐를 끼치다니요."

자꾸만 아씨에게 눈길이 갔다. 분명 부잣집 양반 댁 귀한 딸일 테니 나 같은 애가 똑바로 쳐다볼 수 있는 사람이 아니었다. 하지만 신분의 벽이 전혀 느껴지지 않았다. 오히려 처지라는 것이 없다면, 아무 데나 풀썩 주저앉아 이야기를 나누어보고 싶을 만큼 친숙함이 느껴졌다.

"이제 깨어났으면 그만 가봐. 우리 아씨 그네 타셔야 해."

향이가 젖은 쓰개치마를 받아 자기 팔에 휙 둘렀다. 나는 허튼 생각을 하는 나 자신이 조금 우스웠다. 정신을 잃고 쓰러지더니 정말 머리가 어떻게 된 건 아닌지 하는 의심마저 들었다.

"이름이 뭔지 알려줄 수 있어?"

뜻밖의 질문이었지만, 왠지 그 느낌이 싫지 않았다.

"예? 이름은 왜…….”

"다음에 만나면 이름을 불러주고 싶어서."

아씨가 수줍게 웃으며 나를 향해 미소를 지었다. 그렇다면 나도 이름을 알려주지 않을 이유가 없었다.

"기련입니다. 송기련."

"기련이."

아씨가 빙그레 미소를 지으며 내 이름을 조용히 되뇌었다. 아씨의 입에서 나온 내 이름을 듣자, 마치 다른 사람의 이름을 듣는 듯 낯설었다. 나는 떨리는 마음을 가까스로 추스르고 징검다리 쪽으로 향했다. 손에 주머니를 꼭 쥐고 징검다리를 막 건너려는데 뒤에서 까르르 웃음소리가 들렸다. 개울가에 퍼지는 웃음소리가 꼭 노랫가락 같아 저절로 뒤를 돌아보게 했다.

아씨가 커다란 나무에 걸린 그네를 뛰고 있었다. 향이가 뒤에서 그네를 밀다, 또 앞으로 와 아씨를 놀라게 했다. 아씨는 그런 향이를 보며 재미있다는 듯 더 힘차게 발을 굴렀다. 그 힘이 내게도 충분히 느껴졌다. 치맛자락이 바람과 함께 어우러져 공중에서 펄럭였다. 꽃잎이었다가, 연이었다가, 새이기도 했다. 그러나 펄럭이고 있는 건 그뿐만이 아니었다. 아씨의 머리끝에 길게 매달린 붉은 댕기에서는 더 없이 큰 생명력이 느껴졌다. 가느다랗게 펄럭이며 곡선을 만들어내는 그 움직임을 넋 놓고 바라보았다. 파란 초겨울 하늘에 대비되어 그 색감이 훨씬 더 생동감 있게 보였다. 하늘 아래 어떤 새가 저보다 아름다운 날갯짓을 할 수 있을까. 나는 본 적이 없었다.

한참을 서서 아씨가 그네 뛰는 모습을 바라봤다. 계절을 뛰어넘어 벌써 봄이 얼굴 앞에 도달한 것 같은 착각마저 들었다. 아씨가 시선을 느꼈는지 그네를 뛰면서 나를 바라봤다. 하지만 이상하게도 아씨의 시선을 피하고 싶지 않았다. 우리는 각자의 자리에서 서로를 계속 바라봤다. 아씨의 머리끝에서 흩날리는 붉은 댕기가 나에게 속삭이고 있는 것 같았다. 나는 그 소리에 귀를 기울였다. 가슴이 뛰었다.

***

백주는 아직도 집에 돌아오지 않은 모양이었다. 인기척을 듣고 나온 백희가 문을 열고는 얼굴을 내밀었다. 커다란 눈망울이 반짝였다.

"백희야, 언니 먹을 것 좀."

백희가 품 안에 이불을 안고 방에서 나왔다.

"오빠 아직 안 왔어."

백희가 이불을 내 어깨 위로 덮어주며 손으로 꾹꾹 눌렀다.

"언니 옷이 왜 이렇게 젖었어?"

"발을 헛디뎌서 개울가에 빠졌거든."

"응. 그랬구나. 이제 좀 따뜻하지?"

백희는 어리지만 꽤 야무지고 살뜰했다. 피 섞인 언니도 아니건만, 친언니처럼 나를 따르고 정을 붙였다.

"아저씨는 뭐 하셔? 오늘은 조용하시네."

나는 불 꺼진 아저씨의 방을 힐끔거렸다. 백희가 조그마한 입으로 한숨을 푹 내쉬었다.

"아버지 이제 약도 더 안 듣고, 밤새 기침만 하셔."

백희가 이불을 꾹꾹 누르다 말고 갑자기 내 무릎 위에 머리를 대고 드러누웠다.

"언니, 나도 춥다."

나는 이불을 살짝 들춰 백희의 작은 몸을 덮었다.

"언니, 나 배고파. 오빠가 빨리 왔으면 좋겠어."

백희가 가느다란 속눈썹을 감았다 떴다 하며 싸리문 밖을 내다봤다. 나도 백희 옆으로 몸을 누였다. 하늘이 점점 어두워지

누구에게나 있는 것   41

고 있었다. 아침부터 먹은 것이 없어 배가 고팠고, 몸에 긴장이 풀렸는지 이대로 등을 붙이고 늘어지고만 싶었다. 나는 따뜻한 백희의 등을 꼭 끌어안았다.

"언니, 하지 마. 나 추워."

"싫어. 난 따뜻하단 말이야. 더 꼭 달라붙을 거야."

나는 백희를 더 세게 끌어안으며 옆구리를 간질였다.

"아, 언니, 간지러워. 하지 마."

백희가 까르르 웃으며 내 품속에서 발버둥을 쳤다. 이불 속이 우리들의 체온으로 금방 훈훈해졌다.

"어이구, 둘이 잘한다."

이불 밖에서 백주 목소리가 들렸다. 나는 못 들은 척하며 이불 속에서 백희와 장난을 쳤다. 백희는 기다리는 오빠가 온 줄도 모르고 이제는 아예 나를 간질이려 들었다. 우리 둘 다 이불 밖으로 나오지 않자, 백주가 한마디를 뱉었다.

"밥 먹자."

백희가 갑자기 간지럼을 멈추고 귀를 쫑긋 세웠다. 그리고는 이불을 후다닥 머리 위로 벗겨냈다.

"오빠 왔어?"

백희가 웃으며 백주를 반겼다.

"밥 귀신."

백희가 헤벌쭉 웃으며 평상 아래로 뛰어내렸다.

"넌 천 리 길을 떨어져 있어도 밥 소리는 들을 거다."

백주가 달라붙는 백희를 떼어내며 퉁명스럽게 말했다. 백주는 백희에게 곱게 말하는 일이 많지 않았다. 큰 잘못이 아닌데도 타박을 하거나 혼을 내는 경우가 더 많았다. 나는 이불을 한쪽으로 밀어놓고 자리에서 일어났다.

"오늘은 먹을 것 좀 가져왔냐? 돈도 받아왔고?"

백주가 지게를 내려놓으며 옷에 잔뜩 묻은 흙먼지를 털어냈다.

"넌 왜 만날 네 집 놔두고 우리 집에 와서 밥을 찾아? 우리 세식구 입에 풀칠하기도 어려운 거 알면서."

백주의 말만 들어도 기분을 알 수 있었다.

"창수댁이 또 돈을 안 준 거야?"

분명 오늘 그동안 미뤄둔 삯을 받는다 했는데, 백주가 슬금슬금 내 눈을 피했다.

"내 그 인간을 그냥!"

벼룩의 간을 빼먹어도 정도가 있는데, 백주의 정성을 알고도 그런 짓을 하면 안 되는 거였다.

"그럼 먹을 것도 안 싸줬단 말이야? 내가 당장 달려가서……."

"그만둬."

백주도 실망했는지 내 눈을 제대로 맞추지 못했다. 안절부절 못하는 백주의 모습을 보자 참을 수가 없었다.

"뭐야, 오늘은 왜 또 돈이 없대? 이 바보야. 도대체 너는……."

내가 저보다 더 난리를 치자 백주가 굳은살이 잔뜩 박인 손바닥으로 내 얼굴을 밀어냈다.

"저리 비켜."

"무슨 일인지 알아야 도와줄 거 아냐. 빨리 말해."

"네 도움 따위 필요 없어."

백주는 내 말을 들은 척도 안 하고 불 꺼진 부엌 안으로 들어갔다. 나도 재빨리 뒤를 따라 들어갔다. 어둑한 부엌의 아궁이에는 언제 불을 피웠는지 한기가 그대로 고여 있었다.

"너 혹시 불을 끄고 다니는 신기한 기운이 있는 거 아니야? 어째 네가 있는 곳은 죄다 불씨라고는 힘을 못 쓰냐고."

백주는 내 말을 들은 체도 안 하고 솥뚜껑을 열었다가 항아리 뚜껑을 열었다 하며 허둥댔다. 그 모습을 보고 있으니 대답을 듣지 않아도 무슨 일인지 훤했다.

"먹을 건 있는 거야?"

"아니, 없어."

백주의 어깨가 아까보다 한 뼘은 더 아래로 축 처졌다. 나는 백주가 커다란 바위를 지고 있다고 생각했다. 그 커다란 바위는 병약한 아버지와 어린 여동생, 그리고 어머니를 지키지 못했다는 자책감이었다. 그 애가 어머니를 시구문 밖으로 내보내면서도 우는 것조차 제대로 하지 못했던 것은 어머니를 지키지 못한 자신을 원망했기 때문이었다.

백주는 내가 이곳 신당골에 왔을 때 처음으로 말을 걸어준 아이였다. 쫓기듯 이곳으로 와 매일을 울기만 하던 시간, 나에게 동무가 되어주었다. 그러니 나도 백주에게는 동무가 할 수 있는 일들을 당연히 해주어야 했다.

"조금만 기다려 봐. 나 잠시 좀 다녀올게."

"너, 주막에 따지러 가는 건 아니지?"

백주는 그 착한 심성이 자신을 망치는 줄도 모르는 바보다. 백주 집을 나서는데 백희가 따라붙었다.

"언니, 어디 가?"

"응. 내가 정말 가기 싫은 곳."

"거기가 어딘데?"

백희가 눈을 동그랗게 뜨고 나를 올려다봤다.

"우리 집."

*　*　*

집 안에 불은 모두 꺼져 있었다. 어머니가 계시지 않는다면 오히려 다행이었다. 커다란 붉은 깃발이 오늘도 싸리문 앞에 꽂혀 있었다. 백희는 우리 집에 올 때마다 그 깃발이 재미난 놀잇 감이라도 되는 양 양손으로 깃대를 붙잡고 흔들어댔다.

나는 부엌으로 들어가 먹을 것부터 찾았다. 상 위에 보자기를 들춰보니 머릿고기와 팥떡, 그리고 식은 밥 한 덩이가 놓여 있었다. 나는 그것들을 보자기에 다 쏟아낸 다음 꽁꽁 묶었다. 내 집에 있는 것을 훔치는 느낌이 들어 마음이 편치 않았다. 이런 식으로 쥐새끼처럼 왔다 가는 것이 자존심 상하기도 했다.

보자기를 챙겨 부엌을 나와 보니 어머니가 백희와 함께 서 있었다. 아무것도 모르는 백희가 웃으며 말했다.

"아주머니가 밖에서 언니 언제 오나 기다리고 계셨대."

나는 최대한 어머니와 마주 서지 않으려 백희 쪽으로 다가갔다.

"벌써 밤인데 어디 가는 거니?"

어머니가 물었지만 나는 대답 대신 백희의 손목을 끌었다. 백희가 내 걸음을 따라 끌려오며 물었다.

"언니, 왜 대답 안 해?"

"그냥. 대답하기 싫어서."

백희가 나를 물끄러미 올려다봤다.

"가자. 언니가 먹을 것 좀 챙겼어."

백희는 우물쭈물하다 먹을 것이 있다는 말에 발걸음을 떼었다. 그러면서도 백희는 그 어린 마음에 무언가 걸리는 듯 자꾸 어머니가 서 있는 쪽으로 고개를 돌렸다.

"언니는 좋겠다. 어머니도 계시고, 먹을 것도 있고."

내가 좋았던 적이 있었나. 그런 적은 한 번도 없었다.

"넌 착한 오빠가 있잖아."

"피, 우리 오빠는 나 싫어해. 만날 밉다고 그래."

백주는 어머니의 죽음을 백희 때문이라고 생각했다. 백주의 어머니는 눈이 펄펄 내리는 겨울, 팔삭둥이로 어렵사리 백희를 낳았다. 그날 어머니의 산바라지에 쓸 나무를 하러 겨울 산에 올랐던 백주는 발을 헛디뎌 산을 굴렀고, 아무 소득도 없이 다친 몸으로 돌아왔다. 다친 백주는 어머니와 갓 태어난 동생을 돌봐줄 수 없었고, 백주의 어머니도 그 후로 몸이 급속하게 쇠약해졌다. 백주의 아버지야 워낙 태생이 허약한 사람이었기에 가족을 돌볼 상황이 아니었다. 결국 얼마 지나지 않아 백주의 어머니는 눈을 감고 말았다. 백주는 갑작스러운 어머니의 죽음과 갓 태어난 생명 앞에서 큰 혼란을 겪었다. 죽음을 슬퍼할 겨를도, 태어난 생명을 축복할 겨를도 없었다. 그저 어머니를 지키지 못했다는 자책감과 싸웠고 그 화살이 애꿎은 백희에게까지 겨눠졌다.

"오빠 방도 청소해놓고 신기하게 생긴 돌멩이도 구경하라고 넣어놨는데, 오빠가 화를 냈어."

백주의 마음을 아는지 모르는지 백희는 그저 오빠 생각만 해도 미소를 짓곤 했다. 나는 늘 백주가 갖지 않아도 되는 죄책감으로 괴로워하는 것을 이해할 수 없었지만, 그렇다고 백주가 진심으로 백희를 미워한다고 생각하지도 않았다. 백주는 백희에게 돌려버린 죄책감 때문에 자신을 몇백 배 더 미워하고 있을 아이였다. 백주도 나도 가슴에 얹힌 무언가를 풀지 못하고 있는 것은 마찬가지였다. 나는 내 마음속의 실타래도 풀지 못하는 주제에, 백주의 것을 풀어주려 애를 쓸 때가 있었다. 그러면 내 마음의 실타래를 푸는 방법을 알 수 있을까 싶기도 했다.

"언니, 아줌마가 그 깃발 언니 때문에 꽂은 거래. 그래야 언니한테 좋은 거랬어. 그래서 내가 만지면 절대 안 된대."

난 어머니의 어떤 말도 믿지 않았다. 그런 깃발 하나로 누군가를 위할 수 있다면 그거야말로 너무나도 간단한 일이 아닌가. 어머니가 깃발을 수백, 수천 개 꽂는다면 내 상황이 좋아질까? 정말 그렇다면 내가 먼저 수만 개의 깃발을 꽂았을 일이었다. 말도 안 되는 소리였다.

집에 다녀와서 나는 백주가 지펴놓은 아궁이 불에 물을 끓였다. 그리고 뜨거운 물에 식은 밥을 말아 백주에게 주었다.

"아버지 갖다 드려."

백주가 그릇을 두 손으로 떠받치고 아버지 방으로 들어갔다.

나는 머릿고기와 팥떡을 접시에 담아 백주의 방으로 들어갔다. 백희가 얌전히 앉아 기다리고 있었다. 잠시 후 백주도 들어와 함께 음식 앞에 앉았다.

"어머니께 감사하다고 꼭 전해드려."

"집에 가서 생각나면 전할게."

백희는 우리 눈치를 보다가, 백주가 고기를 집자 입을 헤벌쭉 벌리고는 팥떡을 집었다. 나도 허기가 져 저런 머릿고기쯤은 몇 접시도 먹을 수 있을 것 같았다. 하지만 선뜻 손이 가지 않았다.

"언니는 왜 안 먹어?"

"응. 아까 집에서 몇 점 집어 먹었더니……."

백주가 눈치를 챈 듯했다.

"고집 피우지 말고 먹어."

"고집은 무슨 고집. 진짜 먹고 왔다니까."

나는 자리에서 일어나 밖으로 나왔다. 하루 종일 먹은 것이 없어 배가 고팠다. 그럼에도 편하게 음식에 손을 대지 못하는 이유가 뭘까? 어머니가 차려놓은 음식을 기어이 밀어낸 나를 나조차도 선뜻 이해할 수 없었다.

밤바람은 아직도 지나온 계절을 잊지 못한 듯했다. 하늘에는 별이 금가루처럼 박혀 있었고, 허리를 잔뜩 구부린 그믐달이 떠 있었다. 무언가를 아련히 기억나게 하는 풍경이었다. 방 안에서는 백주가 백희에게 음식을 남겼다가 내일 먹으라고 해 백희가 기어이 울음을 터뜨리고 말았다. 백주가 자신을 달래주지 않았기에, 백희는 그만 울고 싶어도 더 크게 울어야 했다.

산다는 건 뭘까. 아픔 없는 사람이 없다지만 그 크기와 받아들이는 가슴이 다 달라서 누구나 공평한 크기의 아픔을 느낀다고 말할 수 없었다. 다른 누군가가 나였다면 어땠을까. 소문이 사실은 아니니 어머니를 이해하고 감싸 안았을까. 저질러진 운명 앞에 순순히 머리를 조아렸을까. 하지만 나는 내가 왜 이런 삶을 살아내야 하는지 도저히 받아들일 수 없었다. 어머니가 마련해놓은 음식을 거리낌 없이 먹을 수 있었던 시절로 돌아가고 싶었다. 어머니가 받아들인 운명이 기어이 나를 잡아먹을 거라는 생각을 하지 않았던 시절로 돌아가고 싶었다. 하지만 그 시절은 저 달보다 더 멀리에 있었다.

백주가 남은 음식들을 챙겨 방에서 나왔다. 내가 이런 말을 하면 백주는 싫어하겠지만, 백희의 큰 눈망울은 백주를 꼭 닮았다.

백희가 오빠를 따라 나오다 문지방에 걸려 넘어졌다. 백희가 서러운 듯 더 크게 울었다. 백주는 우는 백희를 달래주기는커녕 퉁을 주고는 부엌으로 들어갔다.

나는 백희의 울음소리를 들으며 밤하늘을 올려다보았다. 골치 아픈 생각들은 이제 그만 떨쳐내고 싶었다. 그때, 크게 웃음소리를 내며 그네를 뛰던 한 사람의 모습이 떠올랐다. 땋은 머리끝에서 나풀대던 붉은 댕기가 지금도 눈에 보이는 것처럼 생생했다. 그 움직임 하나하나가 잊히지 않았다.

'그런 사람에게도 슬픔이 있을까.'

무슨 쓸데없는 생각일까. 나는 바닥에 엎어져 울고 있는 백희를 일으켜 세웠다. 백희는 내 손길이 닿자 더 서러운 듯 흐느꼈다. 안겨 있는 백희의 등을 천천히 쓰다듬었다. 백희의 울음을 듣고 있으니 밤하늘이 더 아득하게 보였다. 부엌에서 나온 백주가 내게 안겨 우는 백희를 보고 조용히 한숨을 내쉬었다.

"저 울보를 어디다 쓰면 좋아."

제 오빠의 면박이 신경 쓰였는지 백희의 울음이 천천히 잦아들었다. 백주가 내 옆으로 와 같이 하늘을 올려다봤다.

"백주야, 이 세상에 슬픔이 없는 사람도 있을까?"

백주는 내 물음에 그저 힘없이 웃기만 했다. 내 품에 안겨 있던 백희가 고개를 빤히 들고 나를 바라봤다.

"언니, 그런 사람은 없어. 그것도 몰라?"

백희의 커다란 눈망울에 눈물이 가득 담겨 있었다. 나는 백희의 머리를 오래도록 쓰다듬었다. 백주도 내 옆을 지키며 오래도록 서 있었다. 우리는 서로에게 묻지 않았다. 우리가 가진 슬픔이 무엇인지, 우리는 왜 아무것도 할 수 없는지 그리고 너도 나만큼 아픈지. 다가올 긴 겨울을 기다리는 밤이 벌써부터 유난히 길고 시렸다.

때 묻지 않은 하나

새벽녘, 아래쪽에 무언가 물컹한 느낌이 들었고 아랫배가 사르르 아파왔다. 뒷간에 가려고 방문을 여는 순간 눈앞에 검은 형상 하나가 나를 보고 서 있다는 것을 알아챘다. 순간 목덜미에 소름이 끼쳤고, 머리카락이 쭈뼛 섰다. 눈을 마주치면 금방이라도 무슨 일이 생길 것 같아 온몸에 힘을 바짝 주고 가는데, 등 뒤로 무언가 천천히 다가오는 느낌이 들었다. 고개를 돌리고 싶었지만 꼼짝할 수 없었다. 그때 툭, 무언가 둔탁하고 차가운 것이 내 어깨를 잡았다.

"꺄악!"

내 비명에 어머니가 문을 벌컥 열어젖히고는 한걸음에 뛰쳐나왔다. 어머니는 땅바닥에 주저앉은 나를 일으켜 세우며 주변을 살폈다. 그리고 내 등 뒤의 한 지점에 시선을 고정했다. 어머니도 내가 본 그 검은 형상을 보고 있는 것일까? 어머니의 입에서 알 수 없는 중얼거림이 계속 흘러나왔다.

"이게 다 무슨 일이에요!"

나를 일으켜 세운 어머니의 손을 뿌리치며 다시 방으로 뛰어들어왔다. 이부자리 위에 검붉은 피가 묻어 있었다. 나는 그 핏자국 근처에 웅크리고 앉아 방금 일어난 일을 다시 떠올렸다. 내 어깨에 무언가 닿았는데 그 정체를 알 수 없었다. 잠시 후 어머니가 방으로 들어왔다.

"밤늦게 돌아다니지 말도록 해라. 가뜩이나 원한 서린 것들이 밤이면 더……."

어머니가 나를 신경 쓰고 있다는 사실이 우스워 나도 모르게 비웃어버리고 말았다.

"집이잖아요. 집에서도 돌아다니면 안 돼요? 뒷간에 가던 중이었어요. 그런데 무언가 저를 잡았다고요! 그럼 우리 집에도 원한 서린 것들이 있다는 말씀이세요?"

나는 놀란 마음을 어떻게 진정시켜야 할지 몰라 어머니를 향해 큰 소리만 칠 뿐이었다.

"그래도 여기는 너를 지켜주는 것도 있다."

어머니가 "너는 믿지 않겠지만……." 하고 말끝을 흐렸다. 어머니의 말은 반은 맞고 반은 틀렸다. 나는 그저 아무것도 믿지 않으려고 애를 쓰고 있을 뿐이었다. 소문, 진실, 운명, 그런 것들 따위 아무것도 믿고 싶지 않았다. 내가 믿어버리면 그것이 사실이 될 것 같아 두려웠다. 아까 본 그 검은 형상은 왜 나를 붙잡았을까. 그저 내가 잘못 봤다고 믿는 것밖에 할 수 있는 것이 없었다. 하지만 아니라고 부정한다고 해서 정말 아무 일도 생기지 않는 걸까. 무엇을 믿고 무엇을 버려야 하는지, 내 혼란은 늘 거기서부터 시작되었다.

"분명 뒤에 누가 있었어요. 어머니도 아시죠?"

어머니가 고개를 돌리며 중얼거렸다.

"사람들 말이 맞아요? 제가 어머니 딸이라서 저도 결국……."

아니라고 말해주길 기다렸다. 하지만 어머니와 나 사이의 침묵은 견딜 수 없을 만큼 길어지고 있었다. 나는 이불을 뒤집어썼다. 어머니에게 모습을 보이고 싶지 않았다. 어린애처럼 등까지 보이며 뒤돌아 앉았다.

"기련아, 이거……."

어머니는 말을 잇지 못하고 방을 나갔다. 문이 닫히는 소리를 듣고 뒤집어썼던 이불을 걷어냈다. 내 옆에 깨끗한 면포로 만든 개짐*이 놓여 있었다. 단정한 어머니의 바느질을 보니 이유 모를 눈물이 왈칵 쏟아졌다.

---

* 여성이 월경할 때 샅에 차는 물건.

***

시구문으로 가는 발걸음이 더디기만 했다. 천천히 걷다 멈추기를 반복하며 몇 번이고 제자리걸음을 했다. 그렇게 시간을 배로 들여 시구문 초입 길에 도착했을 때, 저만치 시신이 나가는 긴 행렬이 보였다. 평소 같았으면 주머니에 돈을 채울 생각부터 했겠지만, 오늘은 그마저도 내키지 않았다. 딱히 갈 곳도 할 것도 없어 초입 길 주변을 어슬렁거리는데 분위기가 어수선했다. 추위에 단단해진 흙길은 여러 군데 파헤쳐져 있었고, 길가에 수풀들도 짓이겨져 바닥에 몸을 축 늘어트리고 있었다. 길과 문 앞을 지키는 포졸의 수도 사뭇 많아졌고, 경계가 평소와 다르게 삼엄했다. 나는 괜히 어정쩡하게 길목을 지키고 서 있다가 꼬투리를 잡힐까 싶어 길가 안쪽 숲길로 숨어들었다.

백주에게 가볼까 싶었지만 그마저도 썩 내키지 않았다. 길가에서 조금 떨어진 곳에 가서야 흙바닥에 엉덩이를 붙이고 앉았다. 땅이 머금고 있는 한기가 닿자 오소소 소름이 돋았다. 무릎을 세우고 앉아 오늘 무얼 하면 좋을지 생각하는데, 머리 위로 새의 날갯짓 소리가 들렸다. 나는 새의 움직임을 눈으로 쫓았다. 새는 내게서 멀지 않은 나무로 날아가 앉았다. 날갯짓 소리에 비하면 작은 그 새는 머리를 까딱이며 누군가를 찾는 듯 지저귀고 있었다. 나는 그 새가 누구를 찾는지 궁금해, 자리에서 일어나 나무 주위를 천천히 걸었다. 하지만 새는 한 마리뿐이었다. 다들 어디 가고 혼자 남은 걸까. 왠지 그 새가 안쓰러워 나도 모르게 손을 뻗었다.

푸드득!

하지만 새는 어림없다는 듯 힘찬 날갯짓을 하며 공중으로 더 높이 날아올랐다. 속 깃털 하나가 갈지자로 춤을 추며 내 발밑에 떨어졌다. 나는 깃털을 주워 손가락으로 천천히 훑어보았다. 보드랍고 따스한 느낌이 손끝에 닿자 입이 벙싯 벌어졌다. 그사이 새는 양 날개를 쭉 펴고는 반대편 나무쪽으로 날아갔다. 날아가는 새를 향해 손을 흔들어주었다.

나는 깃털을 어찌할까 생각하다 주머니에 넣기로 마음먹었다. 주머니 속에는 때가 묻은 돈 몇 푼과 쪼그라진 솔방울, 아무렇게나 뚝뚝 꺾은 잔 나뭇가지가 들어 있었다. 나는 깃털을 그 안에 떨어트렸다. 깃털 하나가 더해졌을 뿐인데 주머니의 빈구석을 가득 채운 것만 같았다. 어찌 됐건 주머니를 채웠으니 오늘 할 일도 끝이 났다. 무엇보다 시구문 근처에 더 머물고 싶은 마음이 사라졌다.

"어디로 가지."

나는 발길을 돌려 저잣거리로 향했다. 갑자기 생긴 핑계가 마음에 쏙 들었다.

***

저잣거리도 겨울에 맞서기 위한 준비가 한창이었다.

계절이 바뀌는 걸 가장 먼저 아는 건 사람의 마음이란다.

언젠가 어머니가 해준 말이었다. 저잣거리를 돌아다니는 사람들은 저마다 몸을 바짝 웅크리며 잰걸음을 옮기고 있었다. 그럼에도 따뜻한 냄새는 주막집 곳곳에서 피어오르고 있었고, 상인들이 사람을 끌어들이는 소리가 한데 어우러져 온기를 내뿜고 있었다. 나도 복잡한 생각 따위는 잠시 미뤄두고 그 속에 섞여 주변 구경을 시작했다. 가끔은 이렇게 사람들 틈에 서 있는 것이 마음을 가라앉히는 데에 큰 도움이 되곤 했다.

거리를 돌아다니다 포목점에 실버들처럼 걸려 있는 비단에 눈길이 갔다. 제각기 다른 색들이 줄을 맞춰 걸려 있었는데, 마치 한 가지 색인 것처럼 조화롭게 보였다. 가까이 다가가 비단을 구경하는데 주인아저씨의 눈초리가 따가웠다.

"왜요? 내가 뭐라도 훔쳐 갈까 봐 그래요?"

주인아저씨가 귀찮다는 듯 손을 내저으며 나가라는 시늉을 했다. 그저 구경만 할 뿐이었는데 사람 취급을 못 받은 것 같았다. 기분이 상해 뭐라고 한마디 하려는 찰나 포목점 안으로 사람들이 들어왔다. 주인아저씨는 나를 아예 없는 사람 취급하며 들어온 사람들을 챙기기에 바빴다. 괜히 머쓱해진 나는 입구에 걸려 있는 비단을 주먹으로 툭툭 쳤다.

"아얏! 누구야?"

하필 비단 너머에 사람이 서 있었다. 그 사람이 늘어진 비단을 걷어 올리며 모습을 드러냈다.

"또 너야?"

향이였다. 불쾌한 기색이 빠져나간 향이의 얼굴에 나를 향한 반가움이 묻어났다. 향이는 내 손을 덥석 잡았다. 따뜻한 손이 닿자 마음이 푹 놓였다.

"자꾸 만나네. 무슨 인연인 거지?"

"어, 그, 그래."

나를 아무 의심 없이 상냥하게 대하는 또래는 백주 말고는 없었다. 그날 개울가에서 만났을 때도 그랬지만, 향이는 사람의 마음을 편하게 하는 재주가 있었다. 또래를 만나면 늘 의기소침해지곤 했었는데, 향이 앞에서는 그런 불편한 감정이 하나도 들지 않았다. 꼭 오래 알고 지낸 것처럼 친근했다.

"볼일부터 먼저 보자. 이야기는 나중에 하고."

향이가 혼자 포목점으로 들어가려다 말고 다시 내 쪽으로 다가왔다.

"그냥 나랑 같이 들어가자. 심심했는데 잘됐어."

향이는 스스럼없이 내 팔짱을 끼고 포목점 안으로 들어갔다. 나도 못 이기는 척 향이의 팔에 이끌려 안으로 들어갔다. 주인 아저씨가 향이를 보고는 한걸음에 달려 나왔다. 나를 대하던 모습과는 딴판이었다.

"소애 아씨 옷감을 찾으러 온 게냐?"

"네. 오늘 가보라고 하셔서요."

주인아저씨는 안으로 들어가 두툼한 진달래색 보자기를 가지고 나왔다.

"특별히 아주 어렵게 청나라 상인에게서 받아온 것이다. 아씨께 꼭 말씀드려라. 알겠지?"

향이는 옷감을 받아들고는 눈인사를 했다. 주인아저씨는 잠시 기다려보라며 다시 안으로 들어갔다. 그리고는 금방 쪘는지 김이 모락모락 나는 흰 떡 한 덩이를 가지고 나와 향이에게 내밀었다.

"아씨께 잘 말씀드려야 한다. 응?"

향이가 떡을 받고는 고개를 꾸벅 숙였다. 그리고는 제가 먼저 냄새를 맡아보더니 나에게 떡을 들이밀었다.

"이거 되게 맛있는 떡이야. 냄새만 맡아봐도 알아."

저도 먹고 싶을 텐데, 향이는 나에게 양보했다. 주인아저씨가 못마땅하다는 듯 나를 쳐다봤다. 나는 떡을 받아 한 입 베어 물었다. 주인아저씨가 향이에게 왜 기껏 준 걸 다른 사람에게 주냐며 혀를 찼다. 어쩌면 뇌물이랄 수도 있는 것을 엉뚱한 내가 받아먹었으니 당연히 심사가 꼬일 만했다.

"저는 배가 불러서요. 이만 가보겠습니다."

향이가 또 내 손을 덥석 잡고는 포목점 밖으로 데리고 나왔다. 그리고는 몹시 반갑다는 듯 발을 동동 굴렀다.

"여긴 어쩐 일이야? 어디서 또 무슨 일 당한 건 아니고?"

오래 알고 지낸 친구처럼 스스럼없이 나를 대하는 향이가 고마웠다. 생각해보니 개울가에서 나를 구하느라 물속에 뛰어들고도 생색 한 번 내지 않았다.

"그냥 구경 삼아서."

"그렇구나. 아씨도 같이 나오셨으면 좋았을걸."

아씨 이야기를 들으니 나도 향이와 같은 마음이 되었다. 우리가 개울가에서 만난 이후로 나는 아씨 생각을 곧잘 하곤 했다. 그런데 반가워하던 향이 얼굴에 근심이 서렸다.

"왜, 무슨 일이야?"

마음을 들킨 걸 안 향이가 내 팔을 잡아끌고 사람이 드문 길모퉁이로 데려갔다.

"뭔가 큰일이 난 것 같아."

향이가 보자기를 더 바짝 끌어안았다.

"아씨에게 무슨 일이라도 생긴 거야?"

향이의 말에 덜컥 겁이 났다.

"너, 요즘 무슨 일이 벌어지고 있는 줄 모르니? 청나라가 남하했다는 소문도 못 들었어?"

나는 알 수 없는 향이의 말에 고개만 저을 뿐이었다.

"임금님께서 이틀 전 청나라를 피해 군사랑 신하들을 데리고 도망가셨다잖아."

향이는 소애 아씨의 아버지인 주 대감이 이번 임금님의 피신 길에 동행했다고 말했다.

"그래서 아씨가 걱정이 이만저만 아니셔. 어제오늘 통 드시지도 못하고, 생일에 맞춰 기다리던 옷감이 왔는데 직접 오시지도 않겠다 하고 말이야."

향이가 그 자리에 풀썩 주저앉았다. 나도 향이 옆에 함께 앉았다.

"대감마님이 언제 돌아오실지 그것도 모르고, 도망 길에 또 무슨 변고를 당하실지 알 수도 없잖아."

"임금님이랑 함께 가셨으니 곧 무사히 돌아오시겠지."

그 말에 향이가 나를 물끄러미 바라봤다.

"오죽 급하면 시구문으로 도망친 임금님이 정말 무사히 돌아오실까?"

향이는 말을 뱉어놓고도 놀라 입을 손으로 가로막았다. 그리

고는 마치 우리가 아무 대화도 나누지 않았던 것처럼 정색하고
는 자리에서 일어났다. 향이는 나를 물끄러미 바라보고는 입조
심을 부탁하는 표정을 지었다. 나도 말없이 고개를 끄덕였다.

"아씨가 걱정이야. 피붙이라고는 대감마님뿐인데."

향이가 한숨을 길게 내쉬었다.

"난 이만 가봐야 해. 우리 또 볼 수 있겠지?"

향이가 내 어깨를 톡톡 두드리며 웃었다. 웃을 때마다 향이
뺨에 볼우물이 깊게 팼다. 향이와 조금 더 이야기를 나누고 싶
어 아쉬운 마음이 들었지만, 아씨가 기다리고 있을 것 같아 얼
른 가보라며 향이를 재촉했다. 향이가 손을 흔들며 걸어가다 뒤
를 돌아봤다. 그리고 나를 향해 먼저 손을 흔들었다.

'전하께서 시구문으로 도망을 가셨다니.'

오늘 시구문 근처가 어수선했던 이유를 알 것 같았다. 그 문
은 결단코 임금이 지나갈 길이 아니었다. 무슨 일이 생길까 불
안해졌다. 향이와 헤어진 모퉁이 길에 주저앉아 아씨를 떠올렸
다. 그사이 향이가 준 떡이 차갑게 식어가고 있었다.

향이랑 헤어지고 저잣거리를 더 걷다가 방물점 앞에서 걸음
을 멈췄다. 기분이 처진 탓에 그냥 지나치려 했지만 단숨에 눈
길을 사로잡은 물건이 있었다. 바로 붉은 댕기였다. 좁고 기다
란 감청색 함에 놓인 붉은 댕기는 그 짙은 색감을 한층 강렬하
게 드러내고 있었다. 요란하지 않은 금박무늬가 더 고급스럽게

보였고, 붉은색은 불순물 하나 섞이지 않은 듯 완벽했다. 안으로 박은 바느질도 아주 단정했다.

"예쁘지? 손재주가 아주 좋은 사람이 만든 거란다. 딱 봐도 다르지?"

가게 주인아주머니가 졸다가 깼는지 입가에 묻은 침을 닦으며 말했다.

"예. 너무 예뻐요. 어쩜 이렇게 예쁜 붉은색이 있을까요?"

댕기 가까이 손을 뻗자, 아주머니가 내 손등을 탁 쳤다.

"어딜 만지냐? 그 더러운 손으로."

나는 놀라 얼른 손을 뺐다.

"안 살 거면 얼른 가라. 아직 개시도 안 했단 말이야."

아주머니는 내가 만지지도 않았건만 뭐라도 묻은 듯 침을 닦은 손으로 댕기 위를 툭툭 털어냈다.

"아주머니 침이 묻었겠어요. 여기선 안 살래요."

내 것도 아닌데 꼭 내 것에 침이라도 묻은 듯 기분이 나빴다. 아주머니가 꺼지라며 소리를 꽥 질렀다. 나도 질세라 '흥' 하고 뒤돌아섰다. 조금 뛰어가다 돌아보니 아주머니가 씩씩거리며 나를 향해 삿대질을 하고 있었다.

결국 좋은 구경은 아니었지만, 예쁜 댕기를 본 것은 좋았다. 그 댕기를 매고 그네를 뛰는 내 모습을 상상해보았다. 처음 상상 속에선 그네를 뛰고 있는 사람이 나였는데, 지난번 개울가에서 만난 아씨 얼굴이 겹쳐졌다. 그러다 우리 둘이 함께 그네를 뛰는 장면으로 이어졌다. 아무런 걱정도 슬픔도 없이 그럴 수 있다면 얼마나 좋을까? 그런 소소한 일들과 너무 동떨어졌던 지난 몇 년간의 세월이 아득하게 다가왔다.

'얼마인지 물어볼걸. 돈을 모으면 살 수 있을지도 모르는데.'

나는 속치마에 매달아놓은 주머니를 만지작거렸다. 값은 몰라도 내가 가진 돈으로 저 댕기를 살 수 없다는 것은 분명했다. 어쩌면 돈이 모여도 댕기를 사는 일이 첫 번째가 될 수는 없을 것이다. 씁쓸했지만 한편으론 부질없는 일에 마음을 오래 쏟고 싶지도 않았다. 그저 오늘 할 수 있는 것들을 하며 시간을 보낼 뿐이었다. 이것만으로도 온 힘을 다 쓰고 있었다. 잠시 갓 나온 떡처럼 말랑해졌던 마음을 슬쩍 다른 곳으로 밀어두었다.

저잣거리의 중심에서 빠져나오는 내내 아씨 생각을 했다. 한 번 봤을 뿐인데 이토록 오래 기억에 남은 이유는 무엇일까. 향이 말을 들으니 아씨 생각이 더 많이 났다. 나 같은 애야 슬픈 것도 아픈 것도 늘 있는 일들이지만, 아씨는 그 힘든 시간을 어찌 보내고 있을지 자꾸만 걱정이 됐다.

'아씨를 한 번 더 만나고 싶어.'

주제넘은 오지랖에 피식 웃음이 났다. 그러나 자꾸만 한쪽으로 쏠리는 마음을 다시 제자리로 옮겨놓기란 쉽지 않았다. 알 수 없는 일이었다.

다시 만난 날

일부러 그런 것은 아니었는데 창수 주막 쪽으로 자꾸만 발걸음이 향했다. 이 시간쯤이면 백주가 이른 아침에 거둔 나무를 지고 내려올 시간이었다. 눈인사라도 하려고 창수 주막 가까이 다가갔다. 부뚜막에 놓인 커다란 솥에서 연기가 피어오르고 있었다. 국밥 끓이는 냄새가 났다.

'오늘은 어쩐 일로 손님이 있나 보네.'

주막집 모퉁이에 몸을 숨기고 안을 들여다보았다. 남자 둘이 대낮부터 술을 푸고 있었다. 창수댁이 잰걸음으로 평상과 부엌을 왔다 갔다 하고 있었다. 백주는 보이지 않았다.

'이 녀석은 또 어딜 간 거야. 손님 있을 때 밀린 돈도 받아야지. 하여튼.'

내가 다 안달이 났다. 창수댁은 손님이 가버리면 또 돈이 없다고 안 줄 사람이었다. 손님 있는 걸 다 봤다고 주막 안으로 뛰어들고 싶어 발가락이 꼼지락거렸다. 모퉁이에 몸을 바짝 붙이고 기회를 엿봤다. 그런데 남자들이 취기가 올랐는지 목소리가 점점 커졌다.

"자네, 들었나? 오늘 관철동 근방에서 참수가 있었다네. 양반네를 참수하는 것도 실로 드문 일이 아닌가. 그 가문이 대대손손 어떤 집안인가. 삼대를 멸하게 생겼으니. 게다가 함께 직언했다는 이유로 몇 사람이나 더 시구문 밖으로 내쳐지게 생겼더군."

그 남자는 술 한 사발을 한 번 더 들이키더니 계속 말을 이어 나갔다.

"임금이 쥐새끼처럼 도망을 갔다 결국 청태종에게 머리를 조아렸으니. 쯧쯧."

상대가 혀까지 차자 맞은편 남자가 기침 소리를 크게 냈다. 주위를 두리번거리며 눈치도 봤다. 나는 임금님이 돌아왔다는 말에 한편으론 안심이 됐다.

'그럼 대감마님도 돌아오셨을 거야.'

아씨가 시름을 덜어냈을 거라고 생각하니 내 마음도 조금 편안해졌다. 하지만 남자들은 무슨 할 말이 그리 많은지 대화를 멈추지 않았다. 그러다 둘 사이에 험악한 분위기가 감돌았다.

"이보게. 목소리 좀 낮추지 그러나."

"아니, 임금은 백성의 지아비 아닌가. 혼자 살겠다고 도망가 몇 명이나 목숨을 잃었나. 그래놓고는 바른말 하는 신하를 기어코 역모로 몰다니. 허허."

말을 마친 남자가 손으로 머릿고기를 집어 한입에 털어 넣더니 말을 이어 나갔다.

"지난 정묘년 때도 꽁지가 빠져라 도망을 쳐서 어떻게 되었나. 결국 후금한테 명분도 실리도 다 주지 않았는가. 이러니 선대왕이 백성들 입에 회자되는 것이 당연하지 않냐 이 말이야."

잠자코 듣고만 있던 맞은편 남자가 술 한 사발을 들이켜더니 더는 못 참겠다는 듯 큰소리를 쳤다.

"역모를 갖고 이러쿵저러쿵하는 것도 모자라, 폐위된 선대왕을 옹호하는 말을 하다니. 이러다 자네가 시구문 밖으로 내쳐질 일이야."

나는 목을 빼고 주막 안을 들여다보았다.

"예끼! 이 사람, 내가 무슨 이러쿵저러쿵했단 말인가."

"기어코 역모로 몰았다고 하지 않았는가? 그 말이 무슨 뜻인가. 그리고 이제껏 한 이야기는 다 무엇이고?"

듣고 있던 남자가 자리에서 벌떡 일어나 상을 엎어버렸다.

"이놈이 사람 잡네. 내가 언제 그렇게 말했는가? 응? 사람을 잡아도 유분수지."

그러자 고스란히 술상을 뒤집어쓴 남자도 이에 질세라 자리를 박차고 일어났다.

"아니, 이 사람. 나는 그냥 입조심하라고 그런 것을!"

창수댁이 부엌에서 나와 두 사람을 말리고 나섰지만 싸움은 쉽게 끝날 것 같지 않았다. 둘은 말싸움을 하다 주먹다짐까지 갈 기세였다. 창수댁이 바닥에 쏟아진 음식들을 주워 담으며 묻은 흙을 털어냈다. 그리고 다시 접시에 옮겨 담았다.

나는 이야기를 엿듣고 있던 것을 들킬 것 같아, 그대로 모퉁이를 돌아 나왔다. 오늘 참수가 있었다니. 나는 치마 안쪽에 매달린 주머니를 만져봤다.

'일단 한번 가볼까. 분명 누군가 울고 있을 텐데.'

참수가 있었다면 분명 시구문 쪽에 사람들이 몰렸을 것이다. 게다가 참수가 있는 날이면, 죄인의 가족들은 애끓는 마음을 어찌할 수 없어 시구문 앞 흙길이 축축해질 때까지 울다 가곤 했다. 고민을 끝낸 나는 오랜만에 시구문 쪽으로 향했다.

***

시구문 성곽 주변에 커다란 횃불이 타오르고 있었다. 해가 지려면 멀었지만 참수 때문에 불을 피워놓은 것이 분명했다. 평소와는 다른 험악한 공기가 시구문 주변을 감싸고 있었다. 오가는 사람들도 참수의 불똥이 튈까 모두 몸을 사리는 눈치였다.

나는 일단 숲길 안쪽으로 숨어들었다. 선불리 일을 벌이는 것보다 상황을 지켜볼 요량이었다. 그런데 근처 버드나무 기둥 뒤에 누군가 엎드려 흐느끼고 있는 것이 보였다. 이 자리는 유독 어둡고 습한 안쪽이라 여기까지 들어오는 사람은 거의 없었다. 백주도 나를 따라 한번 와보고는 질겁할 정도였다. 나는 등을 보인 사람이 궁금해 천천히 다가갔다.

"아버지, 아버지! 안 돼요, 가시면 안 돼요. 저는 이제 어떻게 살아요."

그 사람은 앞으로 고꾸라진 채 흙을 움켜쥐고는 온 힘을 다해 숨죽여 울고 있었다. 나에겐 너무 익숙한 모습이었다. 나도 아버지가 숨을 거둔 날, 아버지가 덮고 주무셨던 이불 위로 쓰러져 우는 것밖에 할 수 없었다. 나는 울고 있는 사람이 안타까워 가만히 뒷모습을 바라보았다. 꼼꼼하게 땋은 머리끝 붉은 댕기가 가녀린 등 위에서 떨리고 있었다. 낯익은 댕기였다. 순간 내 머릿속을 스쳐 가는 한 사람이 있었다.

'설마, 아닐 거야.'

조용히 다가가 울고 있는 사람 옆에 같이 쪼그려 앉았다. 그러자 그 사람이 흠칫 놀라며 얼굴을 들었다. 눈물이 온 얼굴을 흠뻑 적시고 있었지만 한눈에 알아볼 수 있었다.

"소애 아씨?"

아씨는 나를 보고 크게 놀란 듯했다. 주위를 경계하며 주체할 수 없이 몸을 떨고 있었다.

"아씨, 저 기련입니다. 기억나세요?"

아씨는 내 이름을 듣자 갑자기 몸을 축 늘어뜨리고 내 쪽으로 푹 고꾸라졌다. 텅 빈 눈망울에 스민 슬픔이 고스란히 나에게 전해졌다.

"도대체 무슨 일인지 말씀을 해보세요. 아씨가 왜 여기…….."

아씨는 간신히 눈을 떴다가 또 간신히 눈을 감았다. 그러는 사이에도 굵은 눈물은 쉴 새 없이 흘러내렸다.

"아버지께서 오늘 참수를 당하셨어. 역모죄라고 하는데 정말 말도 안 되는 일이야. 아버지야말로 모함을 당한 것이 분명해."

아까 창수 주막에서 남자들이 한 이야기가 떠올랐다. 아씨는 작은 가슴팍을 주먹으로 내리치며 고통스러운 듯 온몸을 떨었다.

"아씨, 천천히 이야기해보세요."

"이번에 전하를 모시고 아버님이 도성을 떠났다 돌아오셨는데, 뭐가 잘못된 건지 끌려가셨어. 죄가 없으니 곧 풀려날 거라고 웃으면서 가셨는데 갑자기 참수를 당하시다니. 관아에서 나온 사람들이 집 안을 온통 쑥대밭으로 만들었어. 향이가 나를 도망치게 해줬지. 향이가 괜찮을지 그것도 너무 걱정스러워."

아씨의 작고 가녀린 어깨가 흔들렸다. 등을 토닥여주고 싶었지만, 아주 작은 손길에도 아씨의 몸이 부서져버릴 것 같아 겁이 났다. 아씨가 갑자기 내 손을 꼭 붙들었다. 처음 개울가에서 우리의 손이 닿았던 그 따뜻한 느낌이 떠올랐지만, 지금 아씨의 손은 차가운 돌멩이 같았다.

"난 어느 집 노비로 내쳐질 거야. 평생 반역 죄인의 딸로 멸시를 당하다 죽고 말겠지. 하지만 그것보다 더 두려운 건 아버지가 이 세상에 안 계신다는 거야. 난 아버지 유품 하나도 챙기지 못하고 도망쳤어."

손을 뻗어 아씨의 뺨 위에 흐르는 눈물을 닦아주었다. 뜨겁고 시린 눈물이었다. 하지만, 나는 고작 눈물을 닦아주는 것으로는 위로가 될 수 없다는 것을 잘 알고 있었다.

"아버지 효수가 시구문 밖에 매달렸대. 아버지의 그 어진 얼굴은 이제 까마귀 밥이 되고 말겠지. 나가서 아버지 얼굴이라도 뵈었으면, 아버지 터럭이라도 하나 주워왔으면 좋겠어. 하지만 방법을 모르겠어. 난, 난 정말 왜 아무것도 못 하는 거야."

아씨가 주저앉는 마음을 어쩌지 못하고 내 손에 얼굴을 묻었다. 기억은 어떤 물건을 통해서만 가능한 것은 아니었다. 물건이나 징표가 없어도 죽은 사람의 모든 것은 산 사람의 마음속에 살아 있었다. 하지만 사람의 기억이라는 것도 계절 따라 조금씩 변해갔다. 분명 기억 속에 살아 있는 아버지인데, 그림을 그리면 조금씩 달라지는 것처럼 말이다. 어떤 것은 애매하게 남아, 다시 볼 수 없는 사람을 더욱 그리워하게 만들었다.

나는 아씨의 마음을 잘 알고 있었다. 아주 많은 시간이 흘러 기억조차 희미해지면 그때는 작은 징표 하나가 다시 살아갈 힘이 되어준다는 것을. 아씨가 건져준 내 주머니처럼 말이다.

"아씨, 제가 도와드릴게요."

아씨를 돕고 싶었다. 다른 사람은 못 해도 이곳 시구문에서는 내가 할 수 있는 방법이 있었다.

"네가 왜……."

아씨가 놀라 말을 잇지 못했다.

"아씨가 건져준 주머니는 제 아버지의 유품이었어요. 그러니 아씨의 것은 제가 꼭 구해올게요."

아씨는 믿을 수 없다는 듯 고개를 떨궜다. 나는 아씨의 양어깨를 가볍게 쥐었다. 아씨의 온몸을 파고든 떨림이 손 안으로 고스란히 전해졌다.

"아씨, 절 믿으세요."

아씨가 고개를 들어 나를 바라봤다. 우리는 이 순간 서로를 가장 깊이 이해할 수 있는 사람들이었다.

그동안 아씨가 숨어 있을 만한 곳을 찾아야 했다. 내가 늘 머무르는 자리에서 조금 떨어진 뒷길에 키 큰 바위가 있다는 사실을 떠올렸다. 한시도 지체할 수 없어, 아씨의 손을 잡고 그곳으로 뛰었다. 우리가 발을 내디딜 때마다 겨울 추위에 바짝 마른 나뭇가지들이 바스러지는 소리가 났다. 작은 소리마저 누군가에게 들켜버릴까 온 신경이 바짝 곤두섰다.

키 큰 바위는 오늘따라 누군가를 숨겨주기에 너무 연약해 보였다. 어떤 것도 완벽히 믿을 수 없었다. 나는 주변에서 꺾인 나뭇가지와 커다란 돌멩이를 몇 개 주워 아씨가 숨어 있을 자리 근처에 빙 둘렀다.

"여기 숨어 계세요. 제가 꼭 가져올게요."

난 아씨 손을 꼭 잡았다. 불안한 건 나 역시 마찬가지였다. 하지만 이전과는 달랐다. 시구문 앞에 앉아 두려움 없이 허튼소리를 해대며 돈을 받는 것과는 비교할 수 없었다.

"난 너무 두려워. 나 때문에 네가 위험해질까 봐."

겁에 잔뜩 질린 아씨의 눈동자가 안타까웠다. 그렇다고 아무것도 하지 않는 것은 더 안타까운 일이었다.

"걱정 마세요. 아무 일도 없을 거예요."

이건 나에게 하는 말이기도 했다. 나는 아씨의 손을 떼어내고, 곧장 창수 주막으로 뛰었다. 백주의 도움이 필요했다.

***

"백주야!"

창수 주막에 도착했을 때는 이미 사위가 어스름해지고 있었다. 무턱대고 주막 안으로 들어가 백주를 불렀다. 부엌 아궁이

에 새 장작을 채우고 있던 백주가 나를 돌아봤다. 지난번 창수
댁과 얼굴을 붉혔기에 신경이 쓰였지만, 지금은 그런 걸 따질
때가 아니었다.

"무슨 일이야?"

"나와. 급히 갈 데가 있어."

내 목소리를 듣고 나온 창수댁이 우리를 막아섰다.

"가긴 어딜 가. 내일 장사 준비하고 가야지."

백주가 난감한 듯 창수댁 눈치를 봤다.

"정말 급해서 그래. 응? 같이 가자."

나는 손짓발짓을 하며 급한 일이라는 것을 열심히 알렸다. 그
모습을 빤히 보던 창수댁이 씩씩거리며 나를 부엌 밖으로 밀어
냈다.

"다 돈 주고 쓰는데 왜 네가 맘대로 빼간다는 거야?"

나는 끓어오르는 화를 억지로 삼켰다. 입안이 바짝 말라 목구
멍이 찢어질 듯 쓰렸다. 내가 참는 것을 본 백주가 낌새를 눈치
챈 것 같았다.

"저, 아주머니, 내일 일찍 오겠습니다. 오늘 받기로 한 돈은
내일 주세요."

창수댁이 팔짱을 끼며 오히려 백주에게 으름장을 놓았다.

"좋다. 내일 해 뜨기 전에 오너라. 내일 일이 끝나면 돈을 줄
테니."

당장이라도 창수댁의 멱살을 잡고 싶은 심정이었다. 그러면서도 지금은 백주의 사정을 챙겨주지 못해 미안할 뿐이었다. 창수댁이 입을 삐죽이더니 방 안으로 쏙 들어가버렸다.

"미안. 나 때문에······."

"도대체 무슨 일인데 그러냐? 난 네가 이럴 때마다 영 불안해서······."

백주가 흙 묻은 손을 털며 내 눈치를 봤다.

"지금 같이 시구문으로 가. 도와줘야 할 사람이 있어."

백주가 뜨악하며 뒷걸음질을 쳤다.

"무슨 소리야? 지금 어딜 가자고?"

백주는 시구문이라면 그 근처에도 가려 하지 않았다.

"오늘 참수형이 있었대. 시구문 밖에 효수가 걸렸는데 그 대감님의 터럭을 가져올 거야."

차분하게 말하려 애썼지만 내가 뱉는 말은 그런 수준의 것이 아니었다. 백주는 어이가 없다는 듯 고개를 뒤로 젖히며 손사래를 쳤다.

"너 지금 무슨 소리를 하는 거야? 난 그런 일을 하지도 않겠지만, 한다고 해도 걸리면 너나 나나 죽은 목숨인 건 알고 하는 소리냐?"

백주가 침을 튀기며 흥분했지만 나는 담담한 표정으로 백주를 바라봤다. 무리한 부탁임을 나도 잘 알고 있었다. 그러나 물러설 수 없어 백주의 옷자락을 잡았다.

"제발 도와줘. 응? 터럭을 가져오는 건 내가 할게. 넌 그냥 지키고 선 포졸들 시선만 좀 뺏어줘."

백주가 어이가 없다는 듯 고개를 저었다.

"넌 정말 대단하기가 이를 데 없구나. 어떻게 하면 그런 생각을 할 수 있는 거니? 그런 일이 그렇게 좋으면 너 혼자 해."

"백주야, 제발. 꼭 도와줘야 할 사람이 있어. 우리 같이 도와주자."

나는 백주의 옷자락을 더 꼭 쥐었다. 내 진심을, 소애 아씨의 마음을 어떻게 설명할 길이 없었다. 그저 허튼소리가 아니라는 것만 알아봐주길 바랄 뿐이었다.

"그게 누군데 그래?"

"지금은 시간이 없어. 한시가 급해."

백주가 잠깐 틈을 보이는 것 같더니 내 손에서 옷자락을 떼어냈다.

"그래도 난 싫다. 난 하던 일 다 하고 돈이나 받아서 집에 가련다."

백주가 아궁이 앞에 쪼그려 앉아 다시 장작을 채웠다.

"너, 나백주. 그럼 내가 백희한테 다 말해버린다."

백주가 부엌 밖에 서 있는 나를 바라봤다.

"뭘? 뭘 말한다는 거야?"

"몇 년 전에 내가 너한테 귀신 붙었다고 놀렸을 때 오줌 지린 거랑, 우리 어머니가 준 떡 네가 세 개 먹어놓고 하나 먹은 백희 한테 먹보라고 혼낸 거랑. 아, 맞다. 그리고 현골에 창아한테 고백했다가 개네 어머니한테 뺨 맞을 뻔……."

백주가 거의 울 것 같은 표정으로 나를 노려봤다.

"이씨, 너!"

나는 부엌 안으로 뛰어들어가 백주의 손을 덥석 잡았다.

"백주야, 미안. 정말 도와주고 싶은 사람이 있어서 그런다. 응? 우리 꼭 도와주자. 너도 사정을 알면 도와주고 싶을 거야. 자세한 이야기를 들으면 너도 내 마음을……."

백주가 씩씩대며 내 손을 뿌리쳤다. 주먹을 불끈 쥐고 한숨을 크게 내쉬었다.

"내가 어떻게 하면 되는데?"

***

백주가 창수댁 방 문을 두드렸다. 인기척을 들은 창수댁이 방 문을 열었다.

"또 왜? 돈 달라는 거면 그건 내일 준다고 하지 않았냐."

"그게 아니고요. 저, 지게를 두고 가려고요. 내일 일찍 올 거 라 굳이 집에 가져가지 않……."

창수댁이 귀를 후벼 파며 백주를 쳐다봤다.

"그럼 하룻밤만 제 지게 좀 잘 거둬주십시오."

창수댁은 백주의 지게 따위 관심도 없다는 듯 방문을 쾅 닫아 버렸다.

백주는 문이 닫힌 것을 보고 조용히 부엌으로 다시 들어갔다. 오늘 다행히 주막에 손님이 있었던 덕분에 고기와 술이 남아 있었다. 백주랑 나는 조용히 음식과 술을 챙겨 저고리 안쪽에 하나씩 숨겼다.

"아주머니, 내일 일찍 오겠습니다."

닫힌 방문을 향해 백주가 꾸벅 인사를 했다. 나는 백주의 엉덩이를 발로 걷어찼다. 하여튼 백주는 쓸데없이 깍듯한 것이 큰 문제였다. 나를 쏘아보는 백주의 저고리를 잡아끌고 밖으로 나왔다.

"그렇게 깍듯하게 구는 것의 반의반만이라도 나한테 해봐라. 응?"

나의 비아냥에 백주가 어이없다는 듯 혀를 끌끌 찼다.

"내가 너한테 못해서 지금 시체 길로 끌려가는 거냐?"

백주에게 벅찬 일이라는 것을 알고 있으면서, 상황을 몰고 가는 건 나였다. 이유야 어찌 되었든, 도와주겠다고 나선 백주에게는 고마운 마음뿐이었다.

"빨리 가. 더 늦어지기 전에."

나는 고맙다는 말을 조금 뒤로 밀어두고, 백주를 재촉했다. 백주도 더 할 말이 있는 듯 보였지만 애써 꾹 참는 눈치였다. 백주는 나를 향해 고약한 표정을 한번 짓고는, 쏜살같이 앞으로 달려나갔다. 나는 어둠 속에서 백주의 마르고 단단한 등을 보며 뛰었다. 몸이 날랜 백주가 나와 속도를 맞추며 간격을 유지했다. 나도 백주를 놓칠까 봐 열심히 뒤를 따랐다. 아씨가 언제까지 우리를 기다릴 수 있을지 알 수 없었다. 관아 사람들이 아씨를 찾기 위해 도성 근처를 열심히 뒤지고 있을 터였다.

'잡혀갈 때 잡혀가더라도, 제발.'

숨이 턱까지 차올랐지만 뛰는 것을 멈출 수 없었다. 시구문으로 가는 길이 유난히 멀게 느껴졌다.

***

"누구냐!"

시구문 성곽 앞에 포졸 두 명이 횃불을 들고 서 있었다. 횃불에서 검은 연기가 거세게 피어올라 앞이 잘 보이지 않았다.

나는 떨리는 마음을 간신히 누르며 포졸들 앞으로 다가갔다.

"저, 나리. 창수 주막에서 왔습니다."

둘 중에 키가 더 큰 포졸이 나에게 창을 겨누며 쏘아붙였다.

"무슨 허튼소리냐! 당장 꺼지지 못해?"

옆에 서 있던 작은 포졸도 창을 겨눴다. 뒤에 서 있던 백주가 깜짝 놀라 내 옆에 바짝 붙어 섰다. 혼자가 아니라 다행이었다. 나는 숨을 고르고 준비한 말을 늘어놓았다.

"창수 주막 주모가 이쪽으로 고기랑 술을 가져다드리라고 해서요."

키 큰 포졸이 겨눈 창을 슬쩍 거두고 내 쪽으로 한 발 다가왔다.

"그게 무슨 말이냐? 왜 음식을 갖다준다는 거냐?"

작은 포졸도 의심의 눈초리로 나와 백주를 번갈아가며 쳐다봤다.

"마침 장사하고 남은 좋은 고기와 술이 있어, 이쪽에 번을 서시는 나리께 드리라고 했습니다."

"나는 창수 주막을 모른다. 그러니 당장 가져가거라."

상대가 아무리 위압적으로 나와도 절대 기에 눌려서는 안 된다. 침착하게 다음 말을 준비했다. 하지만 온몸이 떨려 정신을 모으기가 쉽지 않았다.

"어, 어차피 다시 가져가면 버릴 음식인데 간단히 요기라도 하시지요."

보다 못한 백주가 떨리는 목소리로 고기를 싼 보자기를 벗겨냈다. 어둠 속에서도 고기의 반질반질한 윤기가 그대로 보였다. 고기 냄새도 그럴듯했다.

"자자, 나리들. 이쪽으로 앉으시면 되겠습니다."

백주가 쭈뼛거리며 시구문 성곽 옆으로 난 평지로 포졸들을 안내했다. 포졸들이 서로 눈치를 보며 결정을 떠밀었다. 둘 다 마음이 움직인 듯했다.

"오늘 갓 잡은 돼지라고 합니다. 창수댁이 자주 찾아주십사 보내는 것이니 드셔보세요."

내 말에 포졸들이 주위를 살피며 헛기침을 했다. 이제 이 틈을 파고들어야 했다.

"식기 전에 어서 드세요. 들고 계신 횃불은 제가 성곽 앞에 꽂아놓겠습니다."

나는 포졸들의 마음이 바뀔까 봐, 횃불 두 개를 받아들고 시구문 앞쪽으로 향했다. 슬쩍 뒤를 돌아보니 백주가 가져온 잔에 술을 따르고 있었다. 백주가 겁에 잔뜩 질려 손을 떨고 있는 것이 보였다. 포졸들은 시구문을 등지고 앉아 고기를 집어 먹고 있었다. 벌써 내 쪽의 일은 잊은 듯 보였다. 이제 서둘러야 했다. 나는 횃불 두 개를 시구문 앞에 꽂은 후, 망설임 없이 시구문 밖으로 나갔다. 안쪽에서 백주와 포졸들이 이야기를 나누는 소리가 희미하게 들렸다.

나는 시구문 밖의 담벼락을 훑어보았다. 일곱 개의 효수가 뒷담에 주르륵 걸려 있었다. 시구문 주변을 별생각 없이 오고 갔던 나는 처음으로 두려움이라는 것을 느꼈다. 하지만 아씨와의 약속을 지키지 못할 것 같은 두려움이 더 컸다. 나보다 더 큰 두려움에 휩싸여 있을 아씨의 모습을 떠올렸다. 주저할 틈이 없었다. 나는 벽에 매달린 얼굴들을 빠르게 훑었다. 참수를 당한 사람들의 얼굴은 모두 고통과 공포를 잔뜩 머금고 있었다. 굳은 얼굴에 핏자국이 말라붙은 모습은 그들을 마치 한 사람처럼 보이게 했다. 일곱 개의 얼굴이 각자 다른 얼굴이었다가 순식간에 한 얼굴로 겹쳐졌다. 그리고 그때, 미처 생각지 못한 일이 떠올랐다. 나는 소애 아씨의 아버지, 그러니까 주 대감의 얼굴을 모른다는 사실이었다.

'아, 어쩌면 좋아.'

뜻밖이었지만 너무나도 당연한 것을 놓치고 왔다는 생각에 가슴이 끝도 없이 곤두박질쳤다. 이렇게 바보 같을 수가. 하지만 지금은 자책할 시간조차 없었다. 백주가 포졸들의 시선을 끄는 데에도 한계가 있었다. 일이 틀어지면 나나 백주는 크게 고초를 당할 것이 뻔했다. 나는 온 신경을 집중해 효수 하나하나를 빠르게 훑어보았다. 하지만 어둠 속에 갇힌 효수들은 나에게 어떤 대답도 해줄 수가 없었다. 이대로 포기해야 하는 걸까. 그럴 수는 없었다. 또 다른 어둠 속에 몸을 숨기고 있는 아씨의 얼굴이 떠올랐다.

'아, 아버지. 제발 도와주세요.'

아버지를 향한 기도가 무색하게, 나에게 찾아든 해결책은 하나였다. 내가 잘 해왔던 일을 하는 것, 누군가 사실로 믿는다면 그것만으로 충분했던 나의 방법. 더 망설일 겨를이 없었다. 나는 아까 창수 주막에서 챙겨온 작은 칼이 소매 안쪽에 잘 있는지 확인하고 벽을 기어올랐다. 손바닥에 땀이 나 자꾸 미끄러졌다. 누군가 내 발을 잡고 끌어내리는 것만 같았다. 가까스로 첫 번째 머리와 눈이 마주쳤을 때, 눈을 부릅뜬 채 그대로 박제된 고통이 순식간에 나를 휘감았다.

휘이이이, 삐이이이이.

귓가에 아주 희미한 울음소리가 들렸다. 가늘고 여린 울음소리는 곧 풀피리 소리로 바뀌었다. 나는 갑작스러운 풀피리 소리에 정신이 흩어져 눈앞이 흐릿했다. 내 앞의 잘린 머리에 남은 여섯 개의 머리가 빠르게 겹쳐졌다. 가까스로 눈을 가늘게 뜨고 오른손에 칼을 쥐었다. 그리고 아씨의 아버지인지 아닌지 알 수 없는 사람의 턱수염을 쓰윽, 칼로 베어냈다. 가까스로 벽을 붙잡고 있던 팔과 다리에 힘을 풀었다. 내 몸이 풀썩 아래로 떨어졌다.

나는 잘린 수염을 칼과 함께 주머니에 넣었다. 죽은 사람의 터럭이지만, 허락도 구하지 않고 무례한 짓을 저지른 것 같아 마음이 편치 않았다. 잠시나마 그 앞에 머리를 조아리고 마음속으로 용서를 구했다. 이제 시구문 안으로 다시 들어갈 일만 남았다.

"네 이년. 거기서 뭘 하는 게냐?"

나는 갑작스러운 누군가의 호통에 깜짝 놀라 뒤를 돌아봤다. 어둠 속에서 포졸 한 명이 나를 향해 창을 겨누고 있었다. 한 사람이 더 있을 것이라고는 예상하지 못했다. 세워둔 계획이 틀어졌다. 혹시 효수에 불경한 짓을 한 것을 본 것일까. 나는 가슴이 너무 뛰어 그대로 주저앉고 싶은 심정이었다. 숨조차 제대로 쉬어지지 않았다. 문 앞에서 백주가 벌이고 있는 일까지 알게 된다면 당장 우리 둘은 죽은 목숨이나 다름없었다.

"송구합니다. 그게 저⋯⋯."

뭐라도 거짓말을 해야 하는데 머릿속이 하얘졌다. 입술이 바들바들 떨리고 현기증이 일었다. 포졸은 나를 향해 성큼 다가왔다. 그의 커다란 그림자가 나를 덮쳤다.

"고개를 들어보아라."

나는 두려운 마음을 애써 누르며 천천히 고개를 들었다. 포졸이 들고 있는 횃불이 눈앞에서 검은 연기를 피워냈다.

"너는, 혹 송주댁 딸이 아니냐?"

어머니를 알고 있었다. 나는 갑작스러운 상황에 놀라 눈을 치켜뜨고 포졸의 얼굴을 바라보았다. 어렴풋이 기억 하나가 천천히 떠올랐다.

어머니가 의원도 아니건만, 아픈 사람들은 종종 어머니를 찾아왔다. 나를 알아본 포졸도 홀어머니의 오랜 병 때문에 어머니를 찾아온 사람이었다. 어머니는 그 포졸에게 홀어머니 집에 고양이가 수시로 오갈 수 있게 하라는 점괘를 알려주었다. 그 방법이 하도 특이하고 어이없어 나도 그 일을 기억하고 있었다. 그 방법으로 포졸의 어머니가 나아졌는지는 알 수 없었다. 그 후로는 포졸이 어머니를 찾아오지 않았기 때문이다.

"안 그래도 한번 찾아가 네 어머니에게 성의를 표하고 싶었는데, 그러지를 못했구나."

내가 이 위험을 넘어갈 수 있는 좋은 기회였다. 다른 것도 아닌 어머니 덕분으로.

"네에. 나리 어머님은 이제 괜찮으신지요?"

나는 이 상황을 모면하기 위해서 다른 이야기를 끼워 넣었다. 하지만 포졸은 그럴 생각이 없어 보였다.

"그런데 네가 여긴 무슨 일이냐?"

"네. 그만 무서워서 엉뚱한 길로……."

포졸은 내 말을 다 듣기도 전에 무슨 소리를 들었는지 시구문 안쪽으로 성큼성큼 다가갔다. 나는 일이 틀어질까 염려되어 포졸 뒤를 바짝 따라붙었다. 그런데 문 앞에 포졸 둘이 아무 일도 없었다는 듯 원래 자리에 서 있었다. 아마 낌새를 눈치채고 상황을 바로잡은 것이 분명했다. 백주도 보이지 않았다. 키 큰 포졸이 험악한 눈빛으로 나를 노려보았다.

시구문 밖에서 만난 포졸이 내 등을 밀치며 말했다.

"곧 인경이 칠 것이니 어서 돌아가거라. 다른 사람이 봤다면 큰 곤욕을 치렀을 수도 있다."

나는 허리를 꾸벅 숙이고 깍듯이 인사를 했다. 음식을 먹던 포졸들도 켕기는 것이 있었는지 더 이상 나에게 아무런 말도 하지 않았다. 심장이 마구 뛰고 식은땀이 등줄기를 타고 흘러내렸지만 다시 흠이 잡힐까 빠른 걸음으로 시구문 앞을 벗어났다.

***

나는 포졸들의 시야에서 벗어나자마자 낮은 목소리로 백주를 찾았다.

"백주야, 나백주, 너 어디 있어?"

그제야 백주가 나무 기둥 뒤에서 얼굴을 슬쩍 내밀었다. 나는 백주 쪽으로 가 잔뜩 졸아붙어 있던 마음을 진정시켰다. 가슴속에 꽉 막혀 있던 두려움이 조금씩 몸 밖으로 밀려 나왔다. 백주는 이미 온몸이 땀범벅이 되어 정신을 차리지 못하고 있었다. 바닥에 주저앉아 초점 없는 눈빛으로 허공을 응시하고 있었다.

"죽는 줄 알았어. 그 포졸들이 너하고 나온 포졸한테 들키면 큰일 난다고 난리법석을 떨어서."

나는 백주의 축축해진 등을 어루만졌다. 백주가 그제야 정신을 차리고 얼굴에 흘러내리는 땀을 닦았다.

"근데 너, 어떻게 무사히 온 거야?"

"그 이야기는 나중에 하자."

나는 내가 끊어온 수염이 주 대감의 것인지 확신하지 못했다. 그 순간 어떤 선택을 했어야 옳은 것이었는지에 대한 확신도 없었다. 그저 순간의 임기응변에 지나지 않았다. 위험의 순간을 넘긴 것도 나의 의지가 아니었다. 주머니를 열어보았다. 그 안에 들어 있는 것들은 아버지의 유품이라고 하기엔 너무나도 초라하고 보잘것없었다.

"터럭은 끊어 온 거야?"

백주의 질문에 뭐라고 대답해야 할까. 꺼내놓을 말이 없었다. 지금 이 순간 내 기지도, 담력도 아무 쓸모가 없었다. 이렇게 한심한 내가 아씨를 돕겠다고 나서 기대를 갖게 한 것에 화가 났다.

"너 무슨 생각해? 혹시 너, 내 머리칼이라도 끊자고 하는 건 아니지?"

지레 겁을 먹은 백주가 뒷걸음질을 쳤다. 놀라기로 따지면 나보다 수십 배는 더 놀랐을 백주가 우습기도 하고 안되어 보이기도 했다. 오랜 동무가 나로 인해 큰 위험에 빠질 뻔했다는 사실에 뒤늦은 죄책감이 따라붙었다. 하지만 지금은 이렇게 코를 빠트리고 있을 수만은 없었다. 아씨가 무사한지 달려가 확인해야 했다. 나는 백주를 데리고 아씨를 숨겨 놓은 곳으로 향했다.

***

"기련아."

어둠 속에서 인기척을 느낀 아씨가 금방이라도 끊어질 것 같은 목소리로 내 이름을 불렀다. 떨리고 애달픈 목소리가 내 마음을 더 심란하게 했다. 나를 믿고 있었을 아씨에게 내가 가지고 온 것이 무엇인지 말하기엔 차마 입이 떨어지지 않았다.

나는 아씨의 몸을 부축했다. 백주가 이런 내 모습을 뚫어져라 바라보았고, 아씨는 갑자기 나타난 백주가 신경 쓰였는지 불안한 눈빛이 역력했다.

"아씨, 괜찮아요. 저의 동무예요. 오늘 일을 도와주었어요."

백주는 내가 아씨라고 하는 말에 눈길을 거두고 아예 다른 쪽을 보고 섰다. 나는 식은땀이 난 아씨의 이마를 손등으로 닦아 주었다. 아씨가 어린아이처럼 속눈썹을 아래로 늘어뜨리고 그저 내 손에 자신을 맡기고 있었다.

"무사히 돌아와서 다행이야. 너마저 잘못됐을까 봐 너무 불안했어."

아씨는 내가 가져올 것들보다 그저 무사히 내가 돌아오기를 기다리고 있었다. 내 주머니 속에 들어 있는 것들을 다시 떠올렸다. 그런 아씨의 마음 앞에 무엇을 꺼낼 수 있을까. 견줄 것이 없었다.

주머니를 열었다. 누구의 것인지도 모르는 터럭을 보자 내가 한 짓에 얼굴이 뜨거워졌다. 그 안을 채운 얼마 안 되는 푼돈이 딱 내 양심의 크기였다. 나를 바라보고 있는 아씨의 속눈썹이 파르르 떨렸다. 마치 어린 새의 날갯짓 같았다. 문득 내 주머니에 담긴 하얗고 여리고 작은 것이 떠올랐다. 아씨의 고운 속눈썹 같은 그 깃털. 그건 내가 가진 것 중에 아무런 때가 묻지 않은 것이었다. 주머니 속에서 푼돈 틈에 눌린 깃털을 꺼내 아씨에게 내밀었다. 내민 손이 부끄러워 금방이라도 등 뒤로 숨겨버리고 싶었다.

"아씨, 이 깃털을 받으세요."

내 목소리가 떨리는 이유를 알지 못한 채, 아씨는 깃털을 물끄러미 바라보았다.

"갑자기 일이 틀어져 대감님의 터럭을 끊어오진 못했어요. 그런데 이 깃털이 대감님의 효수 위에 앉아 있었어요."

나의 거짓말이 아씨를 다시 무너뜨렸다. 아씨가 깃털을 소중히 받아들고 울먹이기 시작했다. 저 작은 몸 어디에 눈물이 가득 차 있는 걸까. 아씨는 깃털을 받아든 손에 얼굴을 묻고 아버지와 마지막 인사를 나누었다.

"믿지 않았어. 네가 아버님의 터럭을 가져온다고 했을 때…….
그런데 정말 나에게 이걸 가져다주다니. 내가 너한테 진 빚을
어떻게 다 갚을 수 있겠니."

아씨가 울먹이며 다가와 내 어깨를 끌어안았다. 아씨의 진심
이 전해질수록 내가 한 짓이 더없이 한심하게 느껴졌다. 흐느끼
던 아씨가 무언가 생각난 듯 자신의 댕기를 풀어 내 앞에 내밀
었다.

"지금 내가 가진 가장 좋은 건 이것뿐이야."

아씨는 더 이상 울지 않으려 애써 밝은 표정을 지었다.

내 거짓말이 누군가의 맹목적인 믿음으로 둔갑하는 건 순간
이었다. 나는 자주 그런 일들을 하고 그 대가를 받았다. 좋은
게 좋은 거라며 불편한 생각을 일부러 쫓아버렸다. 어머니의
방법을 이해할 수 없다고 말하면서 그 방법을 쓰는 나를 가장
먼저 이해하는 사람도 역시 나였다. 나는 그렇게 뒤죽박죽 엉
망진창이었다. 그런 내가 아씨의 마음을 받을 자격이 있을까.
나는 깃털을 내민 손이 부끄러워 아씨의 얼굴을 똑바로 바라볼
수 없었다. 자꾸만 작아지는 나 자신을 어디론가 내던져 버리
고 싶었다.

"아씨. 무얼 바라고 한 일이 아니었어요. 그저 제 진심이었을
뿐……."

진심이라는 말을 뱉자 얼굴이 뜨거워졌다.

"알아. 하지만 너는 나에게 가장 소중한 것을 갖다주었어. 그 사실은 변함이 없어."

내가 머뭇거리며 시선을 피하자, 아씨가 내 손에 댕기를 꼭 쥐여주었다. 그리고 깃털이 날아갈까 두렵다는 듯 자신의 손을 더 꼭 쥐었다.

"저, 이거……."

백주가 우물쭈물하며 자신의 소맷부리 안쪽에서 작은 조각보 하나를 아씨에게 내밀었다. 평소에 창수 주막에서 팔다 남은 음식들을 담아가던 작은 조각보였다.

"여기에 깃털을 넣고 묶으시면 잃어버리지 않으실 겁니다."

백주는 아씨의 얼굴을 바라보지도 못하고 있었다. 아씨가 머뭇거리며 내 눈치를 봤다. 백주 또한 남을 위해 소중한 것을 내줄 수 있는 아이였다. 나는 아씨에게 받아도 된다는 의미로 고개를 끄덕였다. 아씨가 조각보를 받아 작은 깃털을 감싸 묶었다.

"난 이제 가야 해. 내 발로 가지 않으면 향이가 고초를 겪을 거야. 아직 살아 있는지 알 수 없지만……."

아씨가 제 발로 관아에 찾아간다면 목숨을 부지하기 어려울지도 모를 일이었다.

"아씨, 그냥 이대로 도망을 치세요. 어디로든요. 어디로든 도망치다 보면……."

"괜히 아무 죄도 없는 사람들만 힘들어질 뿐이야. 그렇게 되면 난 더 견딜 수 없어."

"아씨……."

아씨가 다가와 내 어깨를 끌어안았다. 나도 용기를 내 아씨의 허리를 꼭 붙들었다. 서로의 얼굴을 마주하는 순간이 언제 또 있을까 싶은 마음에 자꾸만 눈물이 흘렀다.

"고마워. 정말 뜻밖의 일이었어."

"아씨, 꼭 살아남으셔야 해요. 무슨 일이 있더라도, 꼭."

아씨가 눈물을 닦아내며 웃어보였다.

"우리가 다음에 만나게 된다면 그때는 서로 좋은 동무가 되었으면 좋겠어."

다음이라는 말은 늘 나를 끝도 없이 사무치게 했다. 기약할 수 없는 아버지와의 이별, 어머니와 연결된 운명이 나에게 성큼 다가올 것만 같은 불안함. 이 모든 것들은 다음이라는 말과 맞닿아 있었다. 내 뜻대로 오지 않을 다음이 늘 두려웠다. 하지만 이번만큼은 다음이라는 자리에 두려움 대신 기다림을 놓아두고 싶었다. 그것이 감히 나 따위가 아씨와 동무가 될 수도 있다는 막연한 기대일지라도, 다음이라는 말을 한 번은 믿어보고 싶었다. 나는 아씨를 보며 고개를 끄덕였다. 내가 바라는 바가 아씨와 같았기 때문이었다.

아씨는 천천히 숨을 내쉬며 마음을 정리하는 듯했다. 그리고 의연하게 시구문 초입 길로 천천히 걸어 나갔다. 나는 아씨의 모습이 보이지 않을 때까지 오래도록 뒤를 지켰다. 내 옆에 선 백주가 코를 훌쩍이며 눈물짓고 있었다. 시간이 얼마만큼 지난 후, 하늘을 올려다보았다. 반달이 시구문 동쪽 하늘에 걸려 있었다. 한쪽은 사라지고 반쪽만 남은 그 모습이 오늘따라 유난히 더 외로워보였다. 삶과 죽음도 저 달처럼 서로 잘려버리면 다시 만날 수 없는 것일까? 아씨와 나는 다시는 만날 수 없는 아버지를 가졌다. 그러나 오늘은 그렇게 잘려버린다 해도 다시 만날 수 있다는 믿음을 가져보고 싶었다. 저 반달도 모습을 바꾸어갈 뿐, 한쪽을 영원히 잃은 것은 아니기 때문이다.

'아버지, 잘 계시죠?'

시구문 앞에서 죽음이란 단어가 내 가슴속에 처음으로 묵직하게 찾아들었다.

***

아씨와 처음 만난 날 이야기를 들은 백주는 아까보다 더 어두운 표정이 되었다.

"저잣거리에서 사람들이 하는 이야기를 들었어. 전하가 궐 안으로 돌아오시고 비난을 받게 되셨으니 본보기가 필요했을 거래."

"정말? 그럼 대감마님이 본보기가 되었다는 말이야?"

"응. 근데 사람들 말로는 그 대감마님은 이번 일과 큰 관련이 없다고 하더라."

"그럼 모함을 받았다는 거잖아."

"그래. 모함이라는 소문이 파다하던걸. 근데 그 아씨의 일이라니, 사람 인연이 참 대단하다."

날이 추운데도 백주의 이마에는 땀이 송골송골 맺혀 있었다.

"나도 아까 주막에 들렀다가 그 이야기를 하는 사람들을 봤어."

"모함이 분명해. 청태종에게 항복하라고 한 사람들이 자기들 세를 키우려고 희생양으로 삼은 거야."

사람의 목숨을 쥐고 흔드는 일은 생각보다 간단했다. 그런 힘이 있는 사람은 도처에 깔려 있었다. 어머니에게 악담을 했던 사람들은 모를 거다. 그 사람들 때문에 나는 내가 알던 어머니를 잃었다는 것을. 마음 한구석이 답답했다가 허전했다 하며 변덕을 부렸다.

"좋은 분 같던데 참 안됐다. 네가 왜 그런 일까지 벌이면서 도와주려고 했는지 알 것 같아."

나는 주머니 속에 넣어 둔 댕기를 꺼냈다. 돌아간 아씨가 어떤 고초를 겪고 있을지 생각하니 머릿속이 아득해졌다. 그저 이 댕기가 우리의 마음을 연결해주고 있다는 생각만 되뇔 뿐이었다.

"난 죽는 게 참 무섭다. 어머니가 돌아가시면서 알았어. 죽으면 그 사람의 마음은 어디로 가는지, 어디선가 그 마음이 길을 잃고 있는 건 아닌지 너무 두려워. 홀로 외로울까 봐. 나도 죽으면 내 마음이 어디로 가는지 나조차도 모르겠지?"

"아씨도 그럴 거야. 아버지가 억울하게 목숨을 내놓았는데 그 억울한 마음을 어떻게 해드릴 수도 없고. 그러니 시구문 앞까지 찾아왔겠지."

"맞아. 도망갈 길이 더 있었을 텐데."

백주가 코를 훌쩍이며 고개를 돌렸다.

"참, 아까 시구문 밖으로 나갔다가 어떻게 무사히 돌아온 거야?"

백주가 소맷단으로 눈물을 슬쩍 닦아내며 물었다.

"문밖에서 맞닥뜨린 포졸이 예전에 어머니를 찾아왔던 사람이었어."

"어머니한테 점괘 보러?"

"응. 어머니 덕분에 일이 잘되었다고. 그래서 아마 내게 더 추궁하지 않고 봐준 것 같아."

"정말 기가 막힌 우연이구나. 하필이면 거기서 그런 사람을 만나다니."

백주가 조용히 내 눈치를 봤다. 만약 다른 사람에게 들켰다면 아마 소애 아씨보다 내가 먼저 관아에 끌려갔을지도 모른다.

"결국 또 어머니 덕분에 살았구나."

"그래. 또 그렇게 되었어."

"어쩐 일로 순순히 받아들여?"

백주의 말에는 틀린 점이 하나도 없었다. 어머니는 늘 내 옆에서 나를 지켜주었다. 아버지가 돌아가시기 전과 그 후에도, 또 어머니가 무당이 되기 전과 그 후에도 어머니는 늘 내 옆에 있었다. 나는 소문이 소문을 낳고, 소문이 사실로 둔갑하는 동안 나 자신과 어머니를 버려두었는데도, 어머니는 나 하나를 지키고 있었다. 언제쯤 나는 어머니를 마음 편히 받아들일 수 있는 걸까. 그럴 날이 너무 멀리 있는 것 같았다.

***

이런저런 생각으로 백주의 집에 도착하니, 인기척을 느낀 백희가 양팔을 벌리고 뛰어나와 내 품에 와락 안겼다.

"언니, 왜 이제 와."

백희가 내 품에 얼굴을 비비다 슬슬 자기 몸을 떼어내며 코를 쥐었다.

"언니, 땀 흘렸어? 고약한 냄새가 난다."

"너 언니 약 올려?"

"약 올리는 거 아니야. 진짜라니까."

백희의 겨드랑이를 간질이자 백희가 뒤로 넘어갈 듯 웃으며 깔깔거렸다. 나는 이제야 내 삶 속으로 돌아왔다는 걸 실감하며 마음을 놓을 수 있었다. 한순간에 풀린 긴장 때문인지, 얼굴에 열이 올라 화끈거렸다. 그때, 백희가 다시 코를 킁킁거리며 제 오빠를 쳐다봤다.

"어, 오빠한테 고기 냄새난다."

백주가 곱지 않은 눈으로 백희를 보며 말했다.

"아버지 저녁 챙겨 드렸어?"

"응. 아까 기련 언니 어머니가 죽을 보내주셔서 아버지가 그거 한 그릇 다 드셨어."

나는 어머니가 죽을 갖다주었다는 말이 신경 쓰였다. 백주 아버지의 방을 바라보니 어둑한 그림자가 방문 앞에 길게 늘어져 있었다. 어디선가 또 풀피리 소리가 희미하게 들려와 주위를 둘러보았다. 아까 시구문에서의 일이 아직 나를 떠나지 않은 것일까. 이 소리의 정체가 무엇 때문인지 가늠이 되지 않았다. 그러다 아씨 때문인가 하고 불안해졌다. 혹시나 돌아가 몹쓸 일을 당한 건 아닐까 하는 생각에 이르렀을 땐 나도 모르게 몸서리가 쳐졌다. 온 신경이 귀에 붙잡혀 있었다.

"어쩐 일로 그걸 다 드셨어?"

"몰라. 한 그릇 뚝딱하셨어."

백주는 저고리 속에서 고기가 싸인 보자기를 꺼냈다.

"기련이 너, 고기 먹고 갈 거지?"

"응. 백희랑 같이 자고 내일 아침에 갈 거야."

나는 들려오는 소리를 애써 외면하며 백주와 백희에게 생각을 집중하려 애썼다. 백희는 내가 자고 간다는 말에 신이 났다. 우리는 방에 들어가 고기를 조금씩 나누어 먹었다. 그러다 아무도 배가 부르지 않았지만 서로 배부른 척을 했다. 우리 셋은 조르르 마당으로 나가 누가 먼저랄 것도 없이 평상 위에 몸을 누였다. 마음이 답답한 탓인지 오늘은 차가운 겨울바람마저 고맙게 느껴졌다.

"언니, 반달이 꼭 빈대떡을 반으로 딱 갈라놓은 것 같아."

가운데 누워 있던 백희가 까르르 웃었다. 나도 모르게 입가에 미소가 번졌다. 뭐가 재미있는지 데굴데굴 몸을 굴리며 웃던 백희가 백주 쪽으로 가까이 붙었다. 백주와 눈이 마주친 백희는 놀란 듯 방향을 틀어 내 품속으로 파고들었다. 나는 백희에게 한쪽 팔을 내어주고 등을 쓰다듬었다. 얼마 후 잠이 들었는지 백희의 콧속에서 새소리가 났다.

"백희 미워하지 마. 너도 미워하지 말고."

백주가 양팔을 목 뒤로 끼고 하늘을 올려다보았다.

"너도 어머니 미워하지 마."

우린 둘 다 누군가를 미워하며 스스로를 괴롭히고 있다는 것을 잘 알고 있었다. 그 방법이 잘못된 것을 알면서도 외면하는 것 또한 우리 자신이었다. 백주는 대화가 불편했는지 슬쩍 자리에서 일어났다.

"아버지 좀 살펴드리고 나올게."

백주가 축 처진 어깨를 하고 아버지 방으로 들어갔다. 백주에게는 지켜야 할 사람이 많았다. 어디선가 떠돌고 있을 어머니의 마음까지 지키고파 스스로를 채찍질하는 백주가 나는 늘 안타까웠다. 그들을 지키느라 정작 자신을 지키지 못하는 백주에게 늘 마음이 쓰였다. 반면 나는 나를 지켜주는 사람을 떼어내기 위해 힘들었다. 어쩌면 백주 말처럼 내가 배부른 소리를 하는 건지도 몰랐다. 적어도 백주의 눈에 내가 그렇게 보인다는 것을 부정할 수 없었다.

나는 백희의 보드라운 뺨을 천천히 쓰다듬었다. 내 손길에 맞춰 백희의 작은 콧구멍이 커졌다 작아지기를 반복했다. 그 모습이 재미나 쓰다듬는 것을 멈출 수 없었다. 하지만 이대로 평상에 누워 있다가는 백희가 고뿔에 걸릴 것 같아 염려스러웠다. 마침 백주가 아버지 방의 문을 열고 나왔다.

"백주야, 나 백희 데리고 들어간다."

백희에게 빌려줬던 팔을 빼내고, 백희를 안아 들었다.

"너도 내일 주막에 일찍 나가봐야 하니 얼른 자."

나는 백희를 안고 방으로 들어가려다 뭔가 이상한 기분이 들어 뒤를 돌아봤다. 백주가 아버지 방 문 앞에 오도카니 서 있었다. 고개를 한 뼘은 늘어뜨리고 꼼짝도 하지 않았다. 내가 한 번 더 이름을 부르자, 백주가 나를 향해 뭐라고 중얼거렸다.

"뭐라고? 잘 안 들려."

백주가 다시 중얼거렸다.

"아버지가 돌아가셨어."

백주는 그 말을 하고 그대로 힘없이 주저앉았다. 아직 아무것도 모르는 백희가 내 품 안에서 꼬물거리더니 무슨 꿈을 꾸는지 짧게 웃었다. 백주와 나는 아무 말도 하지 못하고 서로를 바라봤다. 뚝 잘린 반달이 아직도 우리의 하늘 위에 떠 있었다.

어제와 다른 오늘

혹독한 겨울을 지나오는 동안 나와 백주에게도 많은 일이 있었다. 나는 시구문으로 나가는 것을 그만두었다. 내가 하고 다녔던 일들이 사뭇 부끄러워진 이유였다. 이제 아무렇게나 시구문 근처에 주저앉아 시시껄렁한 이야기를 늘어놓으며 돈을 받는 일이 내키지 않았다. 그 대신 하루에도 몇 번이나 아씨에게 받은 댕기를 꺼내 만져보곤 했다. 그럴 때마다 부끄러워지는 마음을 온전히 감당해야 했다.

백주는 아씨와 같은 날 아버지를 잃었다. 우리는 함께 장례를 치렀고, 어머니가 그 과정을 도와주었다. 슬픔을 채 추스르지도 못한 채 일을 해야 했던 백주는 창수 주막에서 쫓겨났다. 그날 고기를 먹었던 포졸들이 창수 주막을 찾아간 바람에 우리가 창수댁 이름을 팔고 다닌 것이 들통났기 때문이었다. 백주는 그동안 일한 돈도 한 푼 받지 못하고 쫓겨났다. 나는 그 일이 나 때문이라는 생각에 얼마 되진 않지만 그동안 벌어 놓은 돈을 주려고 했다. 하지만 백주는 한사코 돈을 받기를 거절했다. 그럼에도 나는 틈틈이 어떻게든 백주에게 돈을 줄 궁리를 하곤 했다.

백주는 일할 곳을 찾아 하루 종일 발품을 팔며 돌아다녔지만 별 볼 일 없는 듯했다. 정묘년과 병자년에 이은 두 번의 호란으로 농토는 죄다 황폐해졌고, 없이 사는 백성들의 삶만 더 곤궁해졌다. 가진 거라곤 맨몸뚱이 하나인 백주가 할 수 있는 일이란, 그저 빈 지게를 메고 나갔다가 집으로 돌아오는 것뿐이었다. 어쩌다 김 의원 댁에 일손이 부족하면 산에서 약수를 길어다주고 돈 몇 푼을 받아오는 것이 고작이었다. 그마저도 어른들의 등쌀에 치여 순번에서 밀려나기가 일쑤였다.

나는 나대로 집에 있으면 골치가 아팠다. 제대로 먹지도 못하고 아픈 사람들이 병을 낫게 해달라며 이른 새벽부터 어머니를 찾아오는 일이 잦아졌다. 집 밖으로 나와도 딱히 할 일이 없어 백주도 도와줄 겸 백희와 시간을 보내는 날이 많았다. 어쩌다 집에 먹을 것이 생기면 가져와 백희와 나눠 먹고 백주 몫을 남겨두곤 했다. 백주는 나를 볼 낯이 없다며 민망해했지만, 홀쭉해진 뱃가죽에서 요동치는 소리가 나는 것을 참을 도리가 없는 듯했다. 그날도 백희랑 평상에 앉아 작은 돌들을 쌓으며 시간을 보내는 중이었다. 저 멀리 백주가 흙먼지를 풀풀 날리며 집으로 쏜살같이 달려왔다. 정신없이 뛰어왔는지 옷고름이 풀어져 가슴팍이 훤히 들여다보일 지경이었다.

"꽁지 빠진 새처럼 그게 뭐야?"

백주는 타박에도 아랑곳하지 않고 빈 지게를 벗어던졌다. 그리고는 내 앞으로 다가와 거친 숨을 몰아쉬었다.

"아, 아, 아까 현골에 갔다가 소애 아씨가 현골 김 대감 집의 몸종이 됐다고 하는 이야기를 들었어."

기다리던 아씨의 소식이었다.

"뭐? 현골 김 대감? 그 노린내 나는 영감 말이야?"

백주도 안 좋은 예감이 드는지 기다리던 아씨의 소식을 전하고도 표정이 밝지 않았다.

"게다가 사람들이 하는 말을 들었는데, 김 대감이 아씨의 아버님을 모함한 세력 중의 한 사람이라더라."

백주가 목이 타는지 마른기침을 해댔다. 나는 아씨를 찾았다는 소식을 마냥 기뻐할 수 없었다.

"아니, 어떻게 역모로 몰아넣은 집 자식을 노비로 삼는다는 거야?"

아씨가 호된 마음고생을 할 생각을 하니 맥이 탁 풀려버렸다.

"아씨도 본보기가 된 거래. 다들 지난번 임금님의 피난에 대해 입도 뻥긋하지 말라는 거지."

그러나 문제는 이뿐만이 아니었다. 김 대감 집은 이 근방에서 몸종이 가장 많기로 소문이 난 곳이었다. 몸종들을 제멋대로 부려먹고 괴롭히는 일도 허다했다. 몸종들은 미천한 신분으로 어디 하소연할 곳도 변변치 않아 화병이 나거나, 온갖 구박을 받고 쥐도 새도 모르게 죽어나가곤 했다.

　"고생이 보통 아닐 것 같아. 마음이 쓰인다."

　백주가 걱정된다는 듯 한숨을 푹 내쉬었다.

　"혹시 우리가 김 대감 집으로 가면 아씨를 만날 수 있을까?"

　내 눈으로 아씨가 무사한 것을 빨리 확인하고 싶었다.

　"아마 불가능할 거야. 우리가 무슨 수로 그 댁에 들어갈 수 있겠니? 그때, 그냥 도망가시게 해야 했어. 어떻게든 우리가 그렇게 해드렸어야 했어."

　그날 시구문 앞에 서 있던 백주의 모습이 떠올랐다.

　"너 그날 무서워서 아무 말도 못 하고 사시나무 떨듯 하더니 언제 그런 생각을 했어?"

　백주가 옆에 앉아서 우리들의 대화를 듣고 있던 백희를 의식하고는 나를 노려보았다.

　"그렇게 강단이 없어서 어쩌니. 이제 어린 백희도 혼자 거둬야 하는데 내가 다 걱정이다."

　나는 마음속에 자꾸만 차오르는 아씨 걱정을 조금이라도 덜고 싶어 허튼 농담을 해댔다. 백주도 마찬가지였을까. 갑자기 백주가 내 정수리에 꿀밤을 먹였다.

"이 오라비는 네가 걱정이다."

"뭐? 오라비? 누가 오라비야? 이게 봐주니까!"

내가 달려들자, 백주가 바닥에 누워 있던 지게를 방패 삼아 몸을 웅크렸다. 백주는 아버지의 장례를 치르고 마음을 쓰느라 몸이 더 비쩍 말랐다. 아버지의 임종을 지키지 못했다는 사실은 백주에게 또 다른 짐이 되었다. 하지만 백주는 이제 어엿하게 상처를 내색하지 않는 마음의 굳은살을 갖게 된 듯 보였다. 나는 아무렇지 않은 척하려는 백주의 모습을 조용히 지켜보았다. 우리가 갖고 있는 비슷한 상처는 서로를 깊게 이해할 수 있는 끈이 되었다. 서로가 있어 위로를 받을 수 있다고 여기면 그런대로 또 하루를 살아낼 수 있었다.

"그런데 집에 백희 혼자 이렇게 오래 두어도 되는 거야?"

백주가 지게를 다시 어깨에 메고 어깨끈을 바짝 조였다.

"기련아, 나는 내가 참 나쁜 놈 같다."

"갑자기 그게 무슨 소리야?"

"짐을 던 기분이야. 아버지가 나를 원망하시겠지?"

백주의 눈망울이 언뜻 반짝였다. 돌아가신 아저씨의 마음이 어딘가에 머물러 있다면, 아마도 그건 백주에게 괜찮다는 말을 전하고 싶어서일 거라고 생각했다.

"너 나쁜 놈 아니야. 설령 네가 그런 생각을 한다 해도 너를 미워하실 아버지도 아니고."

백주가 눈물을 쏟지 않으려 하늘을 올려다봤다. 겨울의 막바지 추위가 기세를 떨치고 있었다. 바라보기만 해도 시리게 맑은 하늘이었다.

"어쨌든 백희한테 좀 잘해줘. 며칠 전에 가보니 혼자 부엌일 한답시고 손이 성한 곳이 없더라. 나도 들여다보겠지만……."

백주는 그만하라는 듯 손을 저으며 다시 집 밖으로 향했다. 해가 지기 전에 작은 일거리라도 찾아보려는 심산이었다. 백주의 빈 지게에는 아직도 채 추스르지 못한 짐이 한가득이었다.

'너는 언제쯤 그 짐을 덜 수 있는 거니.'

백주가 백희를 미워하는 마음을 쉽게 접지 못하는 것은 아마 그러고 나면 채워질 미안함 때문이라는 걸 안다. 마음이란 것은 뜻대로 되지 않아 그저 어찌할 바를 모르고 발을 동동 구르는 것만이 할 수 있는 일의 전부일 때가 많았다. 그럴 때는 차라리 너무 멀리 또 깊이 생각하지 않는 것이 좋았다. 지금은 백주에게 어서 좋은 일거리가 생기기를 바랄 뿐이었다. 아씨가 하루하루 잘 버티고 있기를 바랄 뿐이었다.

***

"송주댁 계시냐?"

집 안으로 들어오는 얼굴이 몹시 낯익었다.

'아, 그때 개울가!'

아주머니는 남자아이를 업고 있었는데 얼핏 봐도 개울가에서 머리를 다친 동구였다. 혹시나 나를 알아볼까 봐 고개를 돌리며 어머니가 계시는 방을 손가락으로 가리켰다.

아주머니는 내가 가리킨 방으로 들어갔다. 업힌 동구가 끙끙 신음을 내며 땀을 흘리고 있었다. 나는 곧바로 내 방으로 들어와 어머니 방으로 난 벽에 귀를 바짝 갖다 댔다.

"아들이 죽으면 어찌 살 겁니까?"

어머니는 동구 아주머니가 입을 떼기도 전에 한마디를 툭 던졌다. 잠시 침묵이 흐르더니 갑자기 아주머니가 울기 시작했다.

"이 녀석이 내가 늦게 얻은 자식인데, 며칠 전부터 자꾸만 식은땀을 흘리고 열이 잡히질 않소. 게다가 제대로 먹지도 못해서 그런지 자꾸만 실성한 사람마냥 헛것이 보인다고 하지 않겠소. 이 녀석이 잘못되면 그게 다 내 탓이 될 터라 동네방네 의원들을 찾아다녔는데, 아무도 이유를 모른다 하여 내 답답한 마음에 찾아왔소. 제발 좀 도와주소."

어머니가 방울을 흔들며 중얼거렸다. 동구 아주머니의 흐느끼는 소리와 방울 소리가 한데 섞였다. 나는 방바닥에 드러누워 다시는 시구문 앞에 가지 않으리라 또 다짐했다.

얼마 후 동구 아주머니가 눈물을 닦으며 집을 나섰다. 나는 할 일도 없고 백희라도 보러 가려고 방을 나왔다. 어머니는 복비로 받은 콩을 백주와 나눠 먹으라며 나를 불러 세웠다.

"백주는 어찌 지내는 게냐?"

어머니가 백주네 집에 보낼 콩을 자루에 옮겨 담으며 물었다.

"그날 백주 아버지에게 왜 죽을 갖다주셨어요?"

평소에 어머니가 백주 아버지를 따로 찾아간 적은 내 기억에 한 번도 없었다. 그날은 집에서 제를 지낸 것도 아니어서 나눠 먹을 음식이 있었던 것도 아니었다.

"운명이 다해가는데, 배라도 불러야 무사히 황천길을 가지 않겠니."

어머니는 아무렇지 않은 듯 담담하게 말했다.

"그날 저녁에 백주 아버지 방 문 앞에서 이상한 풀피리 소리를 들었어요."

어머니가 콩을 담던 손을 멈췄다. 알 수 없는 적막이 어머니와 나를 에워쌌다. 죽음과 가까워지는 순간 들리는 그 소리의 정체가 무엇인지 얼마 전부터 묻고 싶었지만, 어머니 앞에서는 차마 입이 떨어지지 않았다. 어머니가 나에게 어떤 말을 들려줄지 겁부터 났다. 운명이라는 것이 정말 있더라도 나는 그 운명에 휩쓸리고 싶지 않았다. 그것이 신이든, 어머니든 누군가 정해준 건 내 것이 아니었다.

"밖으로 오래 돌아다니지 말고 일찍 다니거라. 안 좋은 기운이, 아, 아니다."

어머니가 더 이상 말을 잇지 않고 콩 자루만 건네주었다. 무슨 말인지 궁금했지만 나는 이번에도 묻지 않았다. 말이 되면 믿고 싶지 않은 일들이 다 사실이 되어버릴 것 같았다.

***

기나긴 겨울이 서서히 그 위세를 꺾으며 새로운 계절에게 자리를 내어주려는 모양이었다. 지난겨울의 일은 아직도 선명했지만, 불안한 마음을 다독이며 모두가 괜찮을 거라는 바람만 하루하루 더해갔다. 한낮에는 아주 잠깐이지만 코끝이 따뜻해지는 바람이 불곤 했다. 그럴 때면 가던 걸음을 멈추고 그 바람이 지나갈 때까지 멈춰서 숨을 깊이 들이마셨다. 어딘가에서 나에게 알려주는 좋은 소식이라고 생각하면 한숨도 놓치고 싶지 않았다. 바람의 방향 따라 마른 풀잎이 눕고 구름이 흘러갔다. 바람이 멈추면 풀잎이 다시 몸을 세우고, 구름이 잠시 멈추는 과정을 지켜보며 마음을 다잡았다. 흘러가는 것도 멈추는 것도 모두 좋은 일이라고 생각했다.

백주 집에 도착하니 처음 보는 아주머니가 백희를 평상에 앉혀놓고 이야기를 하고 있었다. 백희는 긴장했는지 손으로 치맛자락을 꼬깃꼬깃 접고 있었다. 나는 무슨 일인가 싶어 백희에게 다가갔다.

"그러니 돈도 벌고 얼마나 좋아. 응?"

내가 백희와 아주머니 사이로 끼어들자, 아주머니가 놀란 듯 몸을 뒤로 뺐다.

"백희야, 무슨 일이야?"

백희가 말간 얼굴로 나를 올려다봤다.

"언니, 이 아주머니가 내가 잘 울면 돈을 줄 거래."

그 작은 입에서 돈 이야기가 나왔다. 어린아이를 달콤한 말로 꼬드기는 파렴치한이 분명했다.

"어린애한테 돈 이야기가 다 뭐예요?"

버럭 성을 내자 아주머니가 놀란 가슴을 쓸어내더니 못마땅한 듯 나를 쳐다봤다.

"너한테 볼일이 아니다."

꿍꿍이가 분명했다. 굳은 얼굴을 풀지 않자 아주머니가 내 눈치를 보며 입을 열었다.

"얘가 제 아비 장례에 그리 구슬피 울었다는 소문이 나서 내 한번 보러 온 게다."

"그래서요?"

"현골 김 대감 댁 마님 명줄이 오늘내일한다는데, 어린애가 와서 슬피 울어주면 극락왕생한다고 하여 내 이 아이에게 연줄을 대고 있는 중이었지."

현골 김 대감 집, 그 집에 들어가면 아씨를 만날 수 있다. 마침 마땅한 핑계를 찾고 있었는데 기회가 제 발로 찾아왔다. 이번이 아니면 언제 또 기회가 올지 알 수 없었다.

"이 아이는 어려서 안 되니 제가 가게 해주세요."

다급한 마음에 나는 아주머니의 팔을 붙잡았다. 아주머니는 내 손을 뿌리치고는 치맛자락을 붙잡고 있던 백희의 손을 끌어 자신의 손에 꼭 쥐었다.

"넌 안 된다. 어린애도 아니잖니."

백희가 손을 잡힌 채 나를 물끄러미 바라봤다.

"요 귀여운 손가락 좀 보세. 가면 장례식 동안 맛있는 것도 먹고, 마지막 날 돈도 받을 수 있단다. 어떠냐. 나를 따라서 한번 가보지 않을래?"

백희는 잠시 고민하더니 마음을 정한 듯 자리에서 벌떡 일어났다.

"언니, 나 가볼래. 돈 받으면 오빠 줄 거야. 그럼 오빠도 좋아하겠지? 응?"

백희는 어쩌면 더 이상 어린아이가 아닌지도 몰랐다. 이미 마음은 훌쩍 자라 제 오라비를 걱정하고 있었다. 아주머니가 잘되었다며 백희의 등을 쓰다듬었다.

"그런데요. 이 언니도 함께 가게 해주세요. 그럼 저, 더 잘 울 수 있어요."

백희가 나를 보며 방긋 웃었다. 백희를 혼자 보내지 않고, 아씨도 만날 수 있게 된다면 더 바랄 것 없이 좋은 일이 틀림없다.

"넌 뭘 잘하냐?"

아주머니가 못마땅한 표정으로 나를 위아래로 훑었다.

"전 다리가 아주 튼튼해요."

"흠, 그래 보이기는 하는구나."

하루빨리 장례가 치러졌으면 싶었다. 그러다 내가 누군가의 죽음을 이런 식으로 기다리고 있다는 사실에 마음이 불편해졌다. 누군가의 죽음이 새로운 기대와 만남을 열어준다는 사실도 낯설었다. 마음을 가라앉히고, 주머니 안의 댕기를 꺼냈다. 하지만 아씨가 무척이나 보고 싶다는 사실마저 숨길 수는 없었다.

"꼭 버티고 계셔야 해요. 금방 만날 수 있을 거예요."

나는 댕기를 천천히, 아주 오래 쓰다듬었다.

***

며칠 후 김 대감 부인이 세상을 떠났다는 기별이 왔다. 나는 미리 챙겨놓은 보따리를 들고 어머니 방 앞을 서성였다. 며칠간 집에 돌아오지 못할 테니 어머니에게 이유를 알려야 했다. 하지만 어머니 방 안에는 지난번 왔던 동구 아주머니와 동구가 함께 와 있었다. 굳이 내가 어머니의 딸이라는 것을 알리고 싶지도 않았고, 어머니를 방해하고 싶지도 않았다. 방 안에서 동구에게 무슨 비방을 하는지 무섭다고 우는 소리가 간간이 들렸다. 동구가 울 때는 동구 아주머니도 같이 소리 내 흐느꼈다.

나는 방에 들어와 백희와 현골에 간다고 적어놓은 서찰을 방바닥 위에 가지런히 올려놓았다. 방 안을 한번 둘러보고 나가려는데 벽을 통해 동구 아주머니의 목소리가 들렸다.

"딸내미 대신 신을 받았다는 소문이 사실이요?"

어머니 방에서 갑자기 소리가 뚝 끊겼다. 내가 무슨 말을 들은 건지 조금 의아했다. 소문은 사실이 되기 쉽지만, 정작 사람들은 그것이 사실인지 아닌지에 대한 관심은 없었다. 그저 자기들이 믿고 싶은 쪽을 선택할 뿐이었다. 어머니의 신내림에 대해서 이러쿵저러쿵 말이 많았던지라 나는 이 또한 어떤 연장선에 불과하다고 생각했다. 사람들은 그저 한낱 주전부리 정도로 어머니와 나를 입안에 넣고 씹다 뱉어내곤 했다. 동구 아주머니도 어디서 들은 소문을 자기 식으로 뱉어냈을 뿐이라고 생각했다.

나는 어머니가 무슨 답을 하는지 궁금했지만, 어머니는 아무 말이 없었다.

'사실이 아니니 답을 하지 않으시는 거야. 그럴 리가 없잖아.'

나는 방에서 조용히 나와 어머니 방 앞에 섰다. 다시 집에 돌아왔을 땐 어머니와 어떤 이야기를 나눌 수 있을까. 조용히 싸리문을 나섰다. 이제 그리운 사람을 만나러 갈 시간이었다.

김 대감 집

내가 맡은 일은 마당에서 만든 음식을 필요한 곳으로 옮겨주는 것이었다. 권세 있는 집안이라 장례에 온 손님만 해도 그 수를 셀 수 없었고, 곳곳이 방이라 묵어가는 손님도 상당했다.

마당에 세워진 여러 채의 흰 천막은 바람의 변덕에 따라 너울거렸다, 펄럭였다 하며 자리를 지키고 있었다. 반면 흰 무명 앞치마와 머릿수건을 두른 아주머니들과 아저씨들은 한시도 쉬지 않고 장례 음식을 마련하고 손님맞이를 하느라 부산히 움직여야 했다. 커다란 아궁이만 십여 개였으며, 바구니마다 온갖 식재료들이 가득 담겨 있었다. 우리 같은 민초들은 먹을 것이 없어 병든 채소나 거친 나무뿌리 즙이라도 황송하게 먹는 날이 많건만, 돌아가신 분의 제사상에 올라가는 산해진미들을 보면 배

알이 꼬이는 것을 참을 수가 없었다. 음식 냄새가 허기진 배를 더 요동치게 만들었지만, 한 점이라도 몰래 먹었다가는 하루치 삯을 제하겠다는 엄포에 다들 그저 입맛만 다실 뿐이었다. 지체 높은 양반집 장례를 가까이서 처음 보게 된 나는 야박한 광경에 눈살이 절로 찌푸려졌다.

"돌아가신 마님이 관에서 벌떡 일어나시겠네. 허허허."

어느 방에서 농이 오고 갔다. 술잔을 기울이며 얼굴이 불콰해진 남정네들이 낄낄거렸다. 마음으로 따진다면야 내가 아버지를 보내고, 백주가 아버지를 보냈던 그리고 아씨가 목숨을 걸고 시구문 앞을 찾아왔던 그날들이 더 장례에 가까웠다. 초라하고 볼품없을지언정 나에게는 그편이 더 진심이라고 여겨졌다.

"얘, 이 상들 좀 별채 끝 방에 갖다 드려라. 모두 여섯 개다."

한 아궁이에 앉아 음식을 만들던 아주머니가 나를 불러 세웠다.

"네. 금방 하겠습니다."

그런데 뜻밖에도 아궁이 앞에 앉은 사람은 동구 아주머니였다.

"어, 너?"

아주머니가 나를 알아보고는 얼굴을 붉혔다. 하지만 동구 아주머니는 이내 아무렇지 않은 듯 나를 대했다. 다행히 내가 어머니의 딸이라는 것도 모르는 눈치였다. 지금은 그것만 해도 다행이었다. 나도 이제 와 그때 개울가에서 있었던 일을 꺼내고 싶지 않아 덤덤하게 일만 하기로 했다.

평상 위에 작은 상이 여섯 개나 놓여 있었다. 나는 상을 받아 들고 집 이곳저곳을 돌아다니며 틈틈이 아씨를 찾았다. 하지만 아씨는 어디에서 일을 하고 있는지 도통 모습이 보이지 않았다. 이 집 사람들에게 물어볼까 했지만, 그랬다가 뒷말이 나올 것 같아 그만두었다. 나는 상을 들고 가는 내내 주위를 두리번거렸다. 아씨를 보게 되면 무슨 말을 먼저 해야 할지도 생각했다. 여러 가지 말들을 떠올려봤지만 마음에 쏙 드는 것은 없었다. 그저 눈물만 흘리느라 애먼 시간을 허투루 써버리지 않으면 다행이었다.

별채에는 방이 여러 개 붙어 있었는데, 방마다 사람들이 꽉꽉 차 있었다. 그중 끝 방에 상 하나를 들였다.

"예끼, 그깟 음식상 하나가 왜 이렇게 오래 걸리느냐. 귀한 손님을 불러다 놓고."

한 남자가 나에게 불쑥 화를 냈다. 나는 괜한 소동에 휘말리고 싶지 않아 조용히 고개를 숙이고 방을 나왔다. 잘못이라면 음식을 만드는 곳에서 가장 멀리 떨어진 곳에 자리를 잡은 사람의 잘못인데, 화풀이를 당하니 마음이 상했다. 하지만 다음 번 상도 늦게 올리면 더 큰 역정을 들을까 발걸음이 빨라졌다. 이곳저곳을 다니며 아씨를 찾을 생각에 이 일을 하겠다고 했지만, 하루 종일 발품을 팔아야 하는 일이라 시간이 여의치 않았다. 어제저녁부터 종종거리며 돌아다녔더니 벌써 발목이 시큰했다.

"이년이, 사실대로 말 못 해?"

별채를 빠져나가는데 후원으로 연결되는 쪽문 근처에서 다투는 소리가 났다.

"네년이 덜 맞아서 그리 꼿꼿하지? 어디 혼쭐 좀 나봐! 오늘 네 제삿날이 될 테니."

나는 무언가에 이끌리듯 소리가 나는 쪽으로 다가갔다. 커다란 나무 아래에 서너 명의 여자애들이 한 사람을 꿇려놓고 돌아가며 매질을 하고 있었다.

"반역죄인의 딸이 가까스로 목숨을 부지했으면 알아서 기어다닐 일이지. 뭐가 잘났다고 고개 빳빳이 들고 다니는 거야!"

"너 같은 건 당장 죽어나가도 누가 송장치레도 안 할 거다!"

꿇어앉은 사람의 얼굴은 보이지 않았지만 느낌이 예사롭지 않았다. 서 있던 한 아이가 들고 있던 나뭇가지로 꿇어앉아 있는 사람을 내리쳤다. 외마디 비명과 함께, 그 아이들 사이로 언뜻 익숙한 얼굴이 보였다. 분명 소애 아씨였다.

"뭣들 하는 거야? 그만두지 못해!"

나는 한걸음에 달려가 그 애들을 마구잡이로 밀쳐냈다. 그러자 그 안에 몸을 잔뜩 웅크리고 앉아 있는 아씨가 보였다. 허름하고 낡은 옷에 헝클어진 머리, 때가 지저분하게 묻은 버선과

벗겨진 채 바닥에 나동그라져 있는 짚신 한 짝까지. 그 어느 날 개울가에서 그네를 뛰던 아씨의 모습은 상상조차 할 수 없었다.

"아씨⋯⋯."

내가 부르는 말에 아씨의 잔뜩 웅크린 어깨가 움찔했다. 그리고 천천히 고개를 들었다. 이윽고 나를 알아본 아씨의 바싹 마른 눈동자에서 굵은 눈물 한 방울이 툭 떨어졌다. 하지만 아씨는 그 몰골을 하고서도 내게 웃어주는 것을 잊지 않았다.

"상중에 일은 안 하고 분란만 일으킨다고 내 당장 너희들 윗전에 다 일러바칠 테니 그리 알아!"

나는 아씨를 일으켜 세우며 고함을 질렀다. 두 명이 외지에서 온 나를 경계하더니 자리를 떠났고, 나뭇가지를 들고 있던 아이는 바닥에 침을 퉤 뱉으며 악다구니를 썼다.

"네까짓 게 양반이었다고 거들먹거려? 어디 한 번만 더 꼴을 부렸다간 쥐도 새도 모르게 밟아버릴 테니 그리 알아."

그 아이는 눈을 부라리며 우릴 향해 나뭇가지를 던졌다. 그리고 먼저 자리를 뜬 아이들을 따라 함께 쪽문 밖으로 나가버렸다.

아씨와 나는 이제야 서로를 마주 보았다. 그리고 누가 먼저랄 것도 없이 서로를 와락 끌어안았다.

"기련아, 네가 어떻게 여기를⋯⋯."

"장례 품앗이를 왔어요. 아씨가 김 대감 댁에 있다는 소문을 백주가 듣고 전해주었어요."

"그랬구나. 너희들이 나를 또 찾아주었어."

우리는 서로를 굳게 끌어안고 있던 팔을 풀고 얼굴을 마주 보았다. 이제 무슨 말을 해야 할까. 그동안 쌓아놓았던 많은 이야기가 아무것도 떠오르지 않았다.

"아씨는 여전히 고우세요."

나도 모르게 툭 튀어나온 엉뚱한 말에 아씨가 울다가 피식 웃었다. 나도 눈물을 닦으며 함께 웃었다.

"다친 곳은 없으세요? 저것들은 왜 아씨를 괴롭히는 거예요?"

아씨는 치맛자락에 묻은 흙을 털어내며 아무렇지 않은 듯 말했다.

"서로 맞춰가는 중이겠지. 내가 미덥지 못한 것도 있을 테고."

"아씨는 너무 착해서 탈이에요. 성질도 자주 부려야 우습게 안 본다고요."

"너처럼 말이니?"

"네. 저처럼요."

아씨가 내 손등을 만지작거리며 한시도 내게서 눈을 떼지 않았다.

"그래도 난 알아. 네가 얼마나 좋은 아이인지."

아씨의 손은 여전히 부드러웠다. 행색과 처지는 분명 달라져 있었지만, 사람이 가진 본성은 쉽게 변하지 않는 것이었다.

"너무 반가워서 어쩔 줄을 모르겠어. 근데 별채에는 무슨 일이야?"

　나는 그제야 옮겨야 할 상이 다섯 개나 더 남아 있다는 사실을 떠올렸다. 별채의 술주정뱅이들에게서 불호령이 떨어질 것이 분명했다.

　"아씨, 우리 다시 만나요. 여기에서요."

　우리는 다시 만날 약속을 하고 헤어졌다. 나는 큰 마당 쪽으로 뛰어가면서 내내 뒤를 돌아보았다. 아씨도 그 자리를 떠나지 못하고 나를 보고 있었다. 마치 우리가 처음 만났던 그 개울가에 서 있는 것 같았다.

＊＊＊

　"언니, 나 아까 잘 운다고 칭찬받았어."

　우리는 품앗이 온 사람들을 위해 만들어진 임시 처소에 머무르고 있었다. 퉁퉁 부은 종아리를 주무르자 앓는 소리가 절로 나왔다.

　"난 오늘 일을 제때 못 했다고 한 소리를 들었는데."

　별채에 상을 늦게 갖다주었다는 이유로 하루치 삯을 제하기로 했다. 노린내 김 대감 집에서는 감수해야 하는 일이라는 말을 들었지만 화가 나서 참을 수 없을 지경이었다.

　"오빠한테도 자랑하고 싶다."

백희는 오빠 이야기를 하며 얼굴에 잔잔한 웃음꽃을 피웠다. 나는 백희의 보드랍고 하얀 볼에 손을 대고 비볐다.

백주도 김 대감 댁 장례 일손을 돕고 싶어 했다. 하지만 창수댁이 백주에게 그간 못 준 돈을 줄 테니 다시 나무일을 해달라는 연통을 보냈다. 나는 백주가 그 제안을 발로 뻥 차버리기를 바랐지만, 백주의 착한 심성은 사람을 가리지 않았다. 창수댁이 밀린 돈을 언제 줄지 알 수 없다는 걸 알면서도 자신을 찾는 곳으로 갔다.

"언니, 근데 발 씻었어? 발 냄새 나는 것 같아."

하여튼 백희는 냄새 맡는 데에는 도가 튼 애다. 백희가 코를 쥐고 통을 주거나 말거나 나는 이불 위에 그대로 벌렁 드러누웠다.

"아유, 졸려라. 너무 피곤해."

이따 새벽에 아씨를 만나려면 지금 잠을 자두어야 했다. 백희가 내 품으로 파고들었다. 백희는 밤이 되면 누군가의 옆구리가 꼭 필요한 아이였다.

"언니, 있잖아. 사람이 죽으면 어디로 가는지 알아?"

나도 늘 궁금했다. 돌아가신 아버지는 어디 계시는지, 몸이 사라지면 영혼은 어디에 머물러 있는지 그 알 수 없는 세계가 늘 궁금했고 또 너무 막연해 두렵기도 했다.

"오빠는 내가 이런 거 물으면 버럭 화를 내."

"그건 네 오빠가 겁쟁이라서 그래. 세상에서 죽는 게 가장 무섭다고 하잖아."

"우리 오빠 겁쟁이 아닌데."

백희가 내 품에서 벗어나 나를 흘겨봤다.

"아이고, 무서워. 가재도 게 편이라고 곧 죽어도 오빠 편이지?"

백희가 또 까르르 웃으며 내 품 안으로 쏙 들어왔다.

"음, 글쎄. 죽었다가 돌아온 사람이 없어서 나도 잘 모르겠는데? 그런 사람을 만나면 물어봤다가 너한테 알려줄게."

나는 잠이 솔솔 올 것 같아, 백희의 작은 가슴팍을 다독였다.

백희가 어머니의 얼굴을 모른다는 사실이 오늘따라 유난히 안쓰럽게 느껴졌다. 나는 어둠 속에서도 반질거리는 백희의 얼굴을 가만히 내려다보았다.

"언니, 난 어머니를 모르잖아. 근데 어머니는 내 마음속에 살고 계셔. 몰랐지?"

"그랬어? 그거 정말 깜짝 놀랄 비밀이구나."

백희가 비밀이라는 말에 킥킥 웃었다.

"내가 넘어지면 덜 다치게 해주시고, 내가 밤에 뒷간에 갈 땐 무섭지 말라고 노래도 불러주셔. 그리고 언제나 내 옆에 있다고 말해주……."

백희가 종알거리던 입을 멈추고 스르륵 잠이 들었다. 지금도 백희의 어머니는 백희가 잠들 수 있게 노래를 불러주고 계실지도 모른다. 그러니 저렇게 평온한 얼굴로 잠들 수 있으리라. 나의 아버지도 몸은 여기에 없지만 내 마음속에는 늘 살아 계신다. 사람의 기억이란 지나간 사람의 기억을 이어 붙여 또 끝끝내 삶을 살아가도록 해주는 것이었다. 그러니 육신이 여기 없어도 그 사람은 완전히 사라진 것이 아니었다. 누군가의 마음, 기억 속에 함께 이어져 있다. 그 진실을 나에게 일깨워준 건 어린 백희였다.

***

우리는 나무 기둥 뒤에 어깨를 나란히 붙이고 앉았다. 짙은 어둠이 푸르게 변해가고, 달빛이 마지막 힘을 다해 하늘을 지키고 있었다. 조문객과 사람들로 북적이던 집안 곳곳은 적막이 맴돌았고, 우리 둘만이 서로에게 깨어 있는 유일한 사람이었다.

"어떻게 김 대감 집으로 오시게 된 거예요? 들리는 소문에 의하면 모함한 사람 중에 김 대감이……."

"나도 여기 오고 얼마 후에 알았어. 나를 더 욕보이려고 한 거겠지."

아씨는 아무렇지 않은 듯 담담하게 말하려 했지만, 목소리의 미세한 떨림까지 숨길 수는 없었다.

"그냥 아무 생각도 안 하려고 해. 더 미워하고 아파할 겨를도 없는걸."

아씨가 나를 보며 희미하게 웃었다. 그런 아씨를 보는 내 마음은 더 무거워졌다. 아씨는 밤하늘을 올려다보며 깊은숨을 내뱉었다. 새벽의 어둠이 눈을 시리게 할 리도 없건만 아씨는 울고 있었다.

"향이는 죽었대."

내가 놀란 표정을 짓자 아씨가 세운 무릎에 얼굴을 묻었다. 조금씩 들썩이는 아씨의 어깨에 가만히 손을 올렸다.

"내가 사라지고 향이를 잡아다 가뒀는데, 갇힌 곳에 불이 났대. 향이가 나온 걸 본 사람이 없으니 죽은 거라고 했어."

향이가 겪었을 고초를 생각하니 갑자기 눈물이 왈칵 솟았다.

"나를 도망치게 해주면서 자신은 걱정하지 말라고 그랬어. 자기도 도망갈 거라고, 다 그럴 방법이 있다고. 그 말을 믿은 내가 너무 한심해. 나를 살리려고 그런 말을 했을 거야. 결국 난 도망도 못 갔는데 말이야."

나는 지난번 저잣거리에서 만났던 향이를 떠올렸다. 향이는 처음 봤을 때부터 나를 거리낌 없이 대했다. 내가 기억하는 향이의 모습을 아씨에게 나눠주고 싶었다. 우리가 할 수 있는 만큼 향이를 기억해주고 싶었다.

"지난번 저잣거리에서 향이를 봤어요. 저를 먼저 알아보고 웃어줬어요. 향이는 웃을 때 볼우물이 깊게 패잖아요. 저에게 팔짱을 꼈는데 참 따뜻했어요. 대감마님과 아씨 걱정을 하며 얼굴에 근심이 한가득했어요. 그러면서도 아씨 옷감을 귀하게 챙겼어요. 포목점 주인에게 깍듯이 인사도 잘했어요. 참, 저한테 떡도 줬어요. 김이 모락모락 나서 자기도 먹고 싶었을 텐데요."

아씨가 가까스로 울음을 삼켰다. 목 놓아 울기라도 하면 한결 속이 후련해질 텐데. 우리는 새벽어둠 속에 몸을 숨기고 서로의 흐느낌이 잦아들기만을 기다렸다.

"기련아, 나는 내가 스스로를 포기할 것 같아 두려워."

아씨가 입을 뗀 건 사위가 희붐해질 무렵이었다.

"나는 내가 양반으로 태어나 다행이라고 생각한 적은 없었어. 그건 태어날 때부터 주어진 삶이었으니까, 다른 것은 겪어본 적 없었으니까. 그런데 아버지가 돌아가시고 나서야 알았어. 나는 아무것도 할 줄 모르고 그저 주어진 것 안에서만 살았다는 걸. 이곳에 와서 며칠을 잠도 못 자고 먹지도 못했어. 그러던 어느 날 아주 단잠을 자고 일어났지. 그날은 밥도 먹고 일도 했고, 따돌림도 당했고. 근데 문득 이제는 다 끝난 것 같다는 생각이 드는 거야. 이렇게 살다가 그냥 죽는 거구나. 다시 돌아갈 수 없구나. 지나간 시간은 너무 생생한데 잡을 수 없는 꿈처럼 느껴졌어. 이대로 아무것도 하지 못하고 살다가 어느 날 나도 모르게 죽겠구나, 그런 생각도 많이 해."

아씨의 삶은 이전과는 완전히 거꾸로 뒤집어져 있었다. 더 나은 것을 바라지 못하는 굴레에 갇혀 있었다.

"저의 어머니는 무당이에요. 사람들은 그런 어머니 때문에 아버지가 돌아가신 거라고 했어요. 심지어 저도 무당이 될 거라고 했어요."

아씨가 눈물을 훔치며 내 쪽으로 살며시 고개를 돌렸다.

"전 어머니를 많이 미워했어요. 아니 지금도 미워요. 나는 왜 어머니 딸로 태어났을까, 이대로 아무것도 하지 못하고 그저 사람들이 말하는 운명을 받아들이며 살게 되는 건 아닐까 늘 두려워요."

두려워서 도망치고 싶었다. 두려움을 들키기 싫어 어머니를 미워하고 원망했다. 어머니로부터 멀리 도망쳐 운명 따위 아무것도 아니라고 꾹꾹 밟아 짓이겨버리고 싶었다. 하지만 나는 그럴수록 제자리에서 한 발짝도 떼지 못하고 있는 나를 발견하곤 했다.

"그래도 난 네가 부러워. 난 이제 도망칠 기운도 없어. 기운이 남아 있다면 그저 이쯤에서 모든 걸 끝내는 것에 쓰고 싶을 뿐이야."

아씨가 멍하니 땅바닥만 바라보았다. 아씨의 눈물이 새벽어둠 속으로 스며들었다. 무어라 근사하게 답해주고 싶었지만 아무 말도 할 수 없었다. 나조차도 해결할 수 없는 문제를 끌어안고 누구를 위로할 수 있을까. 그저 함께 어깨를 맞댈 수 있다는 것, 체온이 서로에게 전해져 한쪽 어깨에 온기가 스며든다는 것만이 위로가 될 뿐이었다. 하지만 우리가 스스로를 포기해서는 안 될 일이었다. 아씨는 나에게 소중한 사람이기에, 나도 아씨에게 그런 사람이 되고 싶기에.

위험한 짓

"오(午)시에 점심 상식을 올릴 것이니, 늦지 않게 나에게 오너라. 상을 준비해줄 터이니."

사랑채에 아침상을 들여보내고 나오니 동구 아주머니가 오늘 할 일을 알려주었다. 나는 평상 구석에서 동구 아주머니가 남겨 놓은 식은 밥 덩이와 부침개를 먹었다. 일을 함께하는 며칠 동안 우리는 제법 친한 사이가 되었다.

"아주머니, 부침개 솜씨가 정말 좋으세요. 열 장을 먹어도 안 물릴 것 같아요."

아주머니가 평상에 걸터앉아 마른 수건으로 어깨를 휙휙 두드리며 웃었다.

"그러냐? 돌아가신 마님 덕에 내가 이런 칭찬을 듣는구나."

"네? 그게 무슨 말씀이세요?"

"죽은 사람 덕분에 산 사람 재주도 인정받고, 너도 나도 일을 하고 돈을 버니 말이다."

그러고 보니 맞는 말이었다.

"나도 죽을 때 누군가 내 죽은 덕 좀 보았으면 좋겠네."

아주머니가 껄껄 웃으며 접시 위에 있던 부침개를 손으로 쭉 찢어 입에 가져갔다.

"아주머니는 오늘 신당골로 가시죠?"

"그래, 오늘이 마지막 날이구나. 번 돈으로 우리 동구 약값에 써야지. 안 그래도 우리 바깥양반이 이틀 전에 와 언질을 주었는데, 신당골에 흉흉한 소문이 돈다는구나."

"무슨 소문이요?"

"어린애부터 노인들이 자꾸 아프다는데, 무당들은 귀신 탓이라 하고 의원들은 무슨 병인지 알 수 없다고 하는구나. 나도 얼른 돌아가서 우리 동구를 챙겨야 할 텐데 하루가 길어도 이렇게 기니, 원."

동구 아주머니 입에서 무당이라는 말이 나오자 나도 모르게 움츠러들었다. 하지만 신당골에 그런 일이 생기고 있다니 여간 신경 쓰이는 일이 아니었다. 사람들이 우리 집에 찾아와 부적을 받아가고, 비책을 얻어가는 일들이 벌어지고 있을 터였다. 하지만 관아에서는 무당이 그런 방도를 알려주는 것을 금하고 있어

까딱하다가는 어머니가 곤욕을 치를까 걱정도 되었다.

"어서 마저 먹으렴. 식으면 맛이 없다."

내가 잠자코 있자, 아주머니가 부침개 접시를 내 쪽으로 가까이 밀어주었다. 나는 언제고 했어야 할 사과를 이참에 해야지 싶었다.

"그때는 죄송했어요."

아주머니가 내 등을 다정하게 쓰다듬었다.

"아니다. 나도 그때는 너무 놀라서 너한테 화부터 냈구나. 그때 우리 애가 다치긴 했지만 덕분에 약값도 많이 받았다."

모두 아씨 덕분이었다.

"동구는 좋겠어요. 아주머니처럼 좋으신 분이 어머니라서요."

동구 아주머니는 내 생각보다 훨씬 더 좋은 사람이었다.

"그럴 리가. 내가 너희 어머니를 만난 적은 없지만, 너를 보면 너희 어머니도 좋으신 분일 것 같은 예감이 든다."

아직 내가 신당골 송주댁의 딸이라는 것을 모르고 하는 말이다.

"요즘 동구가 아파 지푸라기라도 잡고 싶은 심정으로 무당까지 찾아가지 않았겠니. 내 얼핏 영험한 영매에게서 그 무당이 딸 대신 신을 받았다는 이야기를 듣고 일부러 그 사람을 찾아갔단다. 그 절박한 심정을 아는 사람이라면 내 아들도 고칠 수 있을까 해서 말이야."

그날 어머니 방에서 들었던 이야기였다. 사실을 확인해보고 싶은 마음을 애써 미뤄두고 있었던 터라 나도 모르게 불쑥 질문 하나가 튀어 나갔다.

"딸 대신 신을 받았다고요?"

"그래. 신을 누른다는 말은 들어봤어도 대신 받았다는 말은 또 처음 들었으니 궁금할 수밖에. 내 그래서 물어봤더니 글쎄, 아무 말도 못 하고 눈물만 그렁그렁 맺히더구나. 얼굴만 봐도 그 말이 사실인 걸 딱 알겠지 뭐니. 그러니 세상에 어머니들은 모두 다 대단한 거야. 안 그러냐?"

말을 마친 동구 아주머니가 설거지를 끝내야 한다며 자리를 떴다. 하지만 나는 그 자리에 주저앉아 한참이고 움직일 수가 없었다. 영신 할멈이 했던 말이 떠올랐다.

쯧쯧, 모자란 년.

한여름 예고도 없이 쏟아지는 소낙비처럼 거친 무언가가 내 좁은 마음속으로 쏟아져 내렸다. 뜻밖에 알게 된 이야기를 무작정 믿을 수도 또 아무 일도 아닌 것으로 할 수도 없었다. 지금이라도 당장 신당골로 달려가 어머니를 붙잡고 물어봐야 했다. 진실을 알고 있는 건 어머니였다. 하지만 나는 여전히 사실 앞에 한 걸음도 뗄 수조차 없는 겁쟁이일 뿐이었다. 그래서 사람들이 만들어낸 소문에 숨어 어머니를 향해 같이 손가락질을 했다. 만약 동구 아주머니의 말이 사실이라면 미움과 원망 대신에 나를 채울 미안함과 두려움을 어떻게 다 이해받을 수 있을까. 쏟아지는 질문 앞에 나는 한 마디도 답할 것이 없었다.

***

점심 상식을 올리는 오시가 되려면 아직 시간이 있었다. 나는 동구 아주머니에게 부침개 한 장을 더 받아 아씨가 있는 별채 쪽으로 가지고 갔다. 아씨가 나를 알아보고는 손을 흔들었다.
"우리가 숨어 있을 만한 곳을 알아냈어. 거기로 가자."
아씨가 내 손을 잡고 후원 쪽과 가까운 곳간으로 이끌었다. 지나가는 사람들이 우리를 알아보지 못하게 이리 숨었다 저리 숨었다 하니 어린애처럼 숨바꼭질하는 기분이 들었다.
곳간 안에는 곡식 가마니와 말린 나물들이 차곡차곡 쌓여 있었다. 아씨는 내 손을 잡고 쌀가마니 뒤로 데려갔다. 사람 둘이 간신히 앉아 쉴 만한 틈이 있었다. 우리는 아무렇게나 주저앉아 웃으며 부침개를 나눠 먹었다. 굳이 말을 하지 않아도 좋았다.
"이제 하루 남았구나. 기련이 네가 돌아갈 날이……."
아씨가 한숨을 내쉬며 울적한 표정을 지었다.
"어떻게든 올 기회를 또 만들어볼게요."

나는 아씨 손을 잡았다.

"백주도 보고 싶어. 그때 너희들이 준 깃털과 조각보를 보면 위로가 돼. 아버지도 정말 함께 계시는 것 같고."

깃털 이야기를 듣자 부침개 조각이 목구멍에 걸린 듯 아무 말도 할 수 없었다. 아씨는 이런 내 마음을 아는지 모르는지 지난번 받은 댕기를 갖고 있는지 물었다. 나는 주머니 안에서 댕기를 꺼냈다.

"아씨, 저도 이 댕기 덕분에 위로가 돼요."

나는 한 번도 이 댕기가 나의 것이라는 생각은 하지 않았다. 거짓투성이인 나에게 이런 댕기는 어울리지 않았다. 내가 머뭇거리는 사이 아씨가 댕기를 가지고 내 등 뒤로 갔다.

"정말 잘 어울릴 거야."

아씨가 내 머리카락을 손가락으로 쓱쓱 훑고 땋기 시작했다. 어린 시절 어머니가 머리카락을 땋아주던 느낌과는 사뭇 달랐다. 나는 아씨의 손에 편하게 몸을 맡기지는 못했지만, 가슴속에 천천히 스며드는 따스함이 퍽 마음에 들었다.

"이제 다 됐어."

나는 쑥스러워 고개를 돌렸지만, 아씨는 자신보다 나에게 이 댕기가 더 잘 어울린다며 흡족해했다.

"아씨, 이제 제가 해드릴게요."

내가 댕기를 풀려 하자 아씨가 나를 말렸다.

"아니야, 이젠 내 것이 아닌걸. 그리고 기련이에게 더 잘 어울려."

아씨는 아무렇지 않은 듯 웃었지만 허전한 눈빛은 숨겨지지 않았다. 고작 댕기 하나의 문제가 아니라 댕기와 함께했던 시절에 대한 그리움이 엿보였다.

"너희들 가기 전에 백주도 한번 같이 봤으면 좋겠다. 하지만 아무래도 힘들겠지?"

아씨의 말에 좋은 생각이 떠올랐다.

"오늘 신당골로 돌아가는 동구 아주머니한테 부탁해볼게요."

셋이 만난다고 생각하니 우리가 아주 오래전부터 함께 자란 동무처럼 느껴졌다. 무엇보다 아씨가 나와 함께 있는 동안은 나쁜 생각을 하지 않는 것이 다행이었다.

나는 오시가 가까워져오는 것을 확인하고 동구 아주머니한테 갔다. 이미 점심 상식으로 올릴 상 두 개에 하얀 면 보자기가 덮여 있었다.

"먼저 이것부터 갖다 드려라. 바로 와야 한다. 술상도 올려야 하니."

"네. 바로 올게요."

나는 상을 들고 마님의 시신이 누워 있는 안채로 향했다. 이곳에 와 처음으로 안채에 상을 올리게 되었다. 안채에 백희가 앉아 있는 모습을 생각하니 미소가 지어졌다. 작고 조그마한 백희가 어찌 잘 울기에 어른들에게 귀여움을 받는지 궁금해졌다.

"점심 상식을 가져왔습니다."

마님의 시신이 누워 있는 방 앞에 서서 고하자, 안에서 상복을 입은 남자가 나와 상을 받아들었다. 집안의 큰아들이었다. 열린 문틈 사이로 은은한 빛이 새어나왔다. 나는 그 틈을 놓치지 않고 안을 들여다보았다.

화려한 병풍이 산처럼 굽이굽이 펼쳐져 있었고, 그 앞에 커다란 향상과 제사상이 놓여 있었다. 향상 위에는 초와 포, 술, 향로가 가지런히 놓여 있었다. 둘째 아들과 나란히 앉아 있던 백희가 나를 보고는 방긋 웃어 보였다. 하얀 삼베옷을 입고 머리에 노끈을 동여맨 백희는 마치 놀이를 하듯 즐거운 표정이었다. 엄숙하고 무거운 분위기 속에 백희만 다른 세상 사람인 듯했다. 나는 눈을 찡긋하는 것으로 인사를 대신했다. 백희도 나를 따라 똑같이 한쪽 눈을 찡긋했다.

"이제 술상을 가져오너라."

"네. 금방 오겠습니다."

나는 동구 아주머니한테 술상을 받으며 백주에게 전할 이야기를 해주었다.

"아주머니, 신당골로 가는 길에 있는 창수 주막에 백주라는 아이가 있어요. 오늘 밤 이곳으로 와달라고 꼭 전해주세요."

동구 아주머니가 걱정하지 말라며 지키고 있던 아궁이를 떠났다.

나는 술상을 들고 다시 안채로 갔다. 큰아들이 상을 받아들고는 문을 닫았다. 이제 돌아가면 할 일도 딱히 없고, 방 안이 퍽 궁금하기도 했다. 이따 백주가 오면 백희가 얼마나 잘하고 있었는지를 알려주고 싶기도 했다. 방문 옆으로 난 작은 창문 중 가장 끝자리로 가 문을 아주 조금 열었다. 상식을 올리는 두 남자의 뒷모습 사이로 백희가 보였다.

"어머님, 편히 드십시오. 황천길 가시니 두둑이 배를 채우셔야 합니다."

양반이나 나 같은 미천한 사람이나 마음은 똑같았다. 이상할 것도 없는 그 지점이 낯설게 느껴졌다.

절을 마친 큰아들이 커다란 함과 비단, 의복들을 방 한쪽으로 모으기 시작했다. 나는 무엇을 하려는 건지 궁금해 창문을 아주 조금 더 열었다.

"어머니 물건들로 잘 챙긴 것이냐?"

"네. 모두 어머니가 아끼시던 물건입니다."

"그래. 어디 한번 보자."

큰아들이 함을 차례로 열었다. 그 안에는 각종 보석과 패물이 가득 담겨 있었다.

"그래. 내 잠시 아버님께 다녀올 테니 잠시 후에 함께 채우도록 하자."

백희도 궁금한지 목을 쭉 빼고는 보석함을 보며 눈을 끔뻑이고 있었다. 저 패물과 보석 그리고 비단들은 모두 대감마님의 시신과 함께 땅에 묻힐 것들이었다. 예전에 어머니가 머나먼 황천길 떠나는 사람에게 필요한 노잣돈이라고 한 말이 기억났다. 아버지가 돌아가셨을 땐 아버지 입에 곡식을 한 숟가락 넣어드린 것이 전부였다.

　'부잣집은 관 속에 별걸 다 넣는구나. 그냥 산 사람이 쓰면 될 일을.'

　부자는 죽어서도 부자고, 우리 같은 사람은 죽어서도 마찬가지일 거라는 생각이 들자 묘한 기분이 들었다.

　"너도 어머니 상식 드시는 동안 좀 쉬도록 하여라."

　큰아들이 밖으로 나올 참이었다. 혹시나 들킬까 싶어 창문 옆 기둥 뒤에 몸을 숨겼다. 다행히 큰아들은 나를 못 보고 안채를 빠져나갔다. 나는 백희가 언제 울음을 시작하는지 궁금했지만 오래 기다릴 수는 없었다.

　'그냥 백희 한 번 더 보고 가야지. 눈이라도 마주치면 좋겠다.'

　나는 다시 창문으로 다가가 방을 들여다보았다. 남아 있던 둘째 아들이 향상을 향해 엎드린 채 꼼짝도 하지 않았다. 그러다 곧 코 고는 소리가 들렸다. 절을 하다 잠든 모양이었다. 제아무리 양반이어도 졸음 앞에서는 당해낼 재간이 없어보였다. 나는 조용히 백희를 부르고 싶었지만 꾹 참았다.

백희는 가만히 앉아 있기 지루했는지 꿇고 앉아 있던 무릎을 펴고 다리를 주물렀다. 그리고 호기심 어린 눈빛으로 주위를 두리번거렸다. 백희의 시선이 옆에 놓인 패물함으로 옮겨갔다. 백희가 작은 입술을 오므렸다 폈다 하며 패물함에서 시선을 떼지 못했다. 백희는 작고 반짝이는 것들을 좋아해, 조가비나 반짝이는 돌들을 모아두곤 했다. 그러다 백주에게 모조리 뺏겨 혼나는 일이 다반사였다. 백주는 뭐든 백희가 좋다고 하는 것을 달가워하지 않았다.

　아까 나간 큰아들이 다시 곧 돌아올 것 같아 처소로 돌아가야겠다는 생각이 들었다. 살짝 열어둔 창문을 다시 닫으려 할 때였다. 백희가 손을 쭉 뻗어 패물함 속의 금반지 하나를 집어 들었다. 그리고는 자신의 손가락에 끼워보며 헐거운 반지를 빙빙 돌렸다. 돌아가는 반지를 보며 백희가 재미있다는 듯 소리 없이 웃었다. 나는 하마터면 백희의 이름을 크게 부를 뻔했다. 엎드려 있던 둘째 아들이 깨면 경을 칠 일이었다. 백희는 반지를 빼서 요리조리 살펴보더니 자신의 소맷부리 안쪽에 쏙 집어넣었다.

　'백희야, 안 돼.'

　당장 방 안으로 뛰어들어가 백희를 말리고 싶었지만, 어찌할 방도가 없었다. 그때 안채로 누군가 들어오는 기척이 났다. 나는 다시 기둥 뒤에 몸을 숨겼다.

***

할 일은 여전히 많았다. 방마다 들어갔던 상들을 모두 꺼내와 마당으로 가져오고, 사람이 여러 명 붙어도 줄지 않는 설거지를 도와야 했다. 차가운 물로 한참 설거지를 하고 나면 손이 벌겋게 퉁퉁 불어 무감각해졌다. 이 지긋지긋한 허드렛일이 오늘이면 끝나 홀가분할 만도 한데, 내일이면 아씨와 헤어져야 한다는 생각에 아쉬움을 떨칠 수 없었다. 마지막 설거지통에 손을 넣으려는데 백희가 처소 쪽으로 걸어가는 것이 보였다. 상복을 입고도 뭐가 즐거운지 나비처럼 팔을 팔랑팔랑 흔들고 있었다. 나는 아무래도 아까 백희의 행동이 꺼림직해 하던 일을 놔두고 백희 쪽으로 달려갔다. 백희가 뛰어오는 나를 보고는 팔을 벌린 채로 뛰어왔다.

"너, 그 반지 내려놓고 왔지?"

백희가 커다란 눈을 깜빡이며 나를 바라봤다.

"언니가 어떻게 알아?"

"반지 그대로 내려놨지? 어른들은 모르지?"

"그 반지, 내가 본 것 중에 가장 반짝거려. 그렇게 반짝이는 건 처음 봐."

"말 돌리지 말고 어서 말해."

내가 재촉하자 백희가 소맷부리 안쪽에서 반지를 꺼내 슬쩍 보여주었다. 나는 하마터면 고함을 지를 뻔했다.

"언니, 이거 정말 예쁘지? 거기 패물함에 이런 것들이 아주 많아서 내가 하나 가져왔어."

백희는 정말 아무것도 모르는 철부지였다. 이건 길에 아무렇게나 널려 있는 돌멩이 하나를 가져오는 일이 아니었다.

"너 그거 당장 내놔. 다시 돌려놔야 해."

"아니야. 이거 오빠 줄 거야."

백주가 알면 백희를 집에서 쫓아내고야 말 일이었다.

"네 오빠는 그런 거 안 좋아해. 돌아가신 분의 물건을 멋대로 가져오는 건 나쁜 짓이야."

"에이, 돌아가신 할머니가 어떻게 알아."

백희가 그런 내 모습을 보고는 오히려 재미있다는 듯 웃더니, 다시 반지를 소맷부리 안에 쏙 넣었다. 그리고는 나를 향해 혀를 쏙 내밀더니 처소 쪽으로 쏜살같이 달려갔다. 백희를 따라가려는데 함께 설거지하던 한 아주머니가 성난 목소리로 나를 불러 세웠다. 이러지도 못하고 저러지도 못하고 난감한 상황이었다.

'어차피 아직 들킨 건 아니니까, 그 많은 것 중에 하나 없어진 걸 뭐 누가 알겠어.'

휘이이이, 삐이이이.

그때, 갑자기 어디선가 또 가느다란 풀피리 소리가 들렸다. 불안한 기운이 순식간에 나를 휘감았다. 도대체 이 소리는 무엇의 전조일까. 나는 나비처럼 양팔을 흔들고 뛰어가는 백희의 뒷모습을 바라보았다. 풀피리 소리가 점점 더 크게 들렸다. 순간 주위의 모든 것이 다 멈춰버린 것 같아 주위를 둘러보았다. 마당에서 설거지를 하는 사람들이 흐릿해졌다가 다시 선명하게 보였다. 머리가 어지러워 하늘을 올려다보니, 아직 어둠이 짙어지지도 않았건만 별이 쏟아질 듯 반짝이고 있었다. 문득 백주가 한 말이 떠올랐다.

별이 유난히 반짝이면 다음 날 바람이 많이 불어. 그러니 좋아하지 마.

백주가 곧 올 참이었다. 늘 할아버지처럼 군내 나는 소리만 해도, 백주가 한시라도 빨리 우리와 함께 있어주었으면 싶었다. 우리가 모두 함께 있다면 불안한 일은 생기지 않을 것 같았다.

설거지를 간신히 마치고 처소로 돌아가는데, 뒤에서 한 무리의 남정네들이 몽둥이를 들고 뛰어오고 있었다. 나는 놀라 나무 뒤에 몸을 숨겼다. 그 남정네들은 우리 처소 앞에 멈추고는 문을 벌컥 열었다.

"이 발칙한 것, 당장 끌어내라."

김 대감의 큰아들이 명령하자 남자 둘이 짚신발로 들어가 백희의 팔을 꿰어 밖으로 끌고 나왔다. 놀란 백희가 차마 입 밖으로 소리도 내지 못하고 끌려 나왔다. 모든 것이 들통 난 것이 분명했다. 나는 터져 나오려는 비명을 간신히 손으로 막고 그저 백희를 지켜볼 뿐이었다. 백희의 작은 몸이 시든 꽃잎처럼 장정들의 손에 축 늘어졌다. 마당 길목마다 상중을 알리는 수십 개의 등불이 주위를 환하게 밝히고 있었다. 그 등불이 밝히는 길 사이로 백희의 두 발이 질질 끌려나갔다. 우리를 도와줄 사람이 필요했다. 하지만 늘 그랬듯 우리에겐 아무도 없었다.

"저년이랑 같이 방을 쓰는 계집도 잡아 오너라. 다 한통속이다!"

우르르 몰려 있던 남자들이 한마디 말에 여기저기로 순식간에 흩어졌다. 그때 뒤에서 누군가 내 팔을 낚아챘다.

"잠자코 따라와. 더 반항하다간 큰일 난다."

숨이 턱 막혀 그 자리에서 땅으로 쑥 꺼질 것만 같았다.

백주

우리가 끌려간 곳은 별채에서도 한참 안쪽으로 들어간 외진 마당이었다. 낮에 아씨와 함께 시간을 보냈던 곳간이 저만치에 보였다. 먼저 끌려간 백희가 멍석 위에 무릎을 꿇고 앉아 있었고, 나는 내던져지다시피 그 옆으로 쓰러졌다. 나를 본 백희가 울먹였다. 두려운 마음을 가까스로 누르고 그 옆에 같이 무릎을 꿇었다. 백희의 얼굴은 온통 눈물범벅이었다. 이때를 기다린 듯 서 있던 남자 둘이 몽둥이를 꺼내 들었다. 누군가 "시작해!"라는 말을 했고 몽둥이가 우리를 향해 날아들었다. 퍽퍽, 어린아이라고 봐주는 것 없이 악랄했다.

"아악! 언니. 언니, 살려줘."

백희는 멍석 바닥에 딱 붙어 머리를 움켜쥐었다. 나는 백희

의 등 위로 내 몸을 포갰다. 매질과 함께 발길질이 이어졌다. 남
정네들의 커다란 발이 나의 옆구리와 그 속에 숨은 백희를 향해
날아들었다. 눈알이 튀어나오고 머리가 터져나갈 것 같았다. 숨
을 쉴 수 없어 입에서 침이 질질 흘러나왔다. 하지만 머릿속은
온통 반지를 없애버려야 한다는 생각뿐이었다. 지금도 그것이
백희의 옷 속에 있다면 우리는 내일을 기약할 수 없었다. 나는
있는 힘을 다해 백희의 소맷부리 안을 더듬었다. 내 품속으로
백희를 더 깊게 안고 손을 넣었다. 반지가 있었다. 손바닥 안에
반지를 움켜쥐고 천천히 빼냈다. 그리고 멍석의 틈 사이로 반지
를 쑤욱 밀어 넣었다.

"그만해라."

나는 고개를 들어 소리가 나는 쪽을 바라봤다. 이마에서 흘러
내린 피가 입술에 닿자 비릿한 맛에 몸서리가 쳐졌다.

"네년들이 반지를 훔쳐 갔지? 어서 사실대로 말해."

백희는 고통에 아무 말도 못 하고 눈만 겨우 반쯤 뜨고 있었다.

"아닙니다. 반지라니요. 저희는 모르는 일입니다."

큰아들이 가래침을 퉤 하고 뱉었다.

"당장 몸을 뒤져라. 저년들이 묵는 방도 샅샅이 뒤지고."

몽둥이를 쥐고 있던 남자들이 늘어진 백희의 몸을 거칠게 뒤
지기 시작했다. 작은 몸을 확인하는 데는 그리 많은 시간이 필
요하지 않았다. 백희는 아무런 저항도 하지 못한 채 축 늘어져

있었다. 남자들은 다시 나에게로 와 저고리, 치마를 쥐고 흔들었다. 아버지의 유품인 주머니를 빼앗길까 봐 겁이 났다.

"벌써 어디에 숨긴 게로구나. 반지 하나만 훔쳐 간 것이 아니지?"

백희가 반지를 가져온 것은 사실이지만, 이 사람들은 우리에게 다른 누명까지 씌우려 하고 있었다.

"누가 시킨 것이냐? 또 얼마나 많이 빼돌린 것이냐? 겁도 없이 계집 둘이 저지른 일은 아닐 테고!"

더 큰 거짓말을 하고 있는 건 저 남자였다. 하지만 그는 무엇 하나 아랑곳하지 않고 목소리를 높일 뿐이었다. 나는 온몸이 벌벌 떨려 아무 말도 할 수 없었다. 이 일은 내가 해결할 수 없는 방향으로 흘러가고 있었다. 반지 하나를 겨우 숨겨 놓는다고 해결될 일이 아니었다. 살아서 나갈 수 있을까. 백희가 괜찮은지 얼굴을 보고 싶었지만 자꾸만 시야가 흐릿해졌다. 어디선가 풀피리 소리가 점점 더 크게 들렸다. 귀를 막고 모른 척하고 싶었지만 손가락 하나도 움직일 수 없었다. 소름 끼치는 풀피리 소리를 떼어내기 위해 온 신경을 귀에 집중했다. 눈, 코, 입이 제 멋대로 움직였고, 눈물이 흘렀다. 그때, 누군가 뒤에서 달려오며 고함을 쳤다.

"접니다. 제가 시킨 일입니다."

익숙한 목소리, 바닥을 힘차게 탁탁 짓치며 달려오는 익숙한 소리, 백주였다. 오늘 밤 저 곳간에서 아씨와 함께 백주를 만나기로 했었다. 기쁜 소식을 안고 한걸음에 뛰어왔을 백주는 자신과 아무런 상관도 없는 말을 뱉어내고 있었다.

"나리, 접니다. 제가 그랬습니다. 이 아이들은 잘못이 없습니다."

백주가 큰아들 앞에 무릎을 꿇고 머리를 조아렸다. 백주는 그런 아이가 아니다. 아마 우리가 그런 일을 했다면 누구보다 우리를 호되게 혼냈을 아이였다.

"오호라, 너라고? 네가 시킨 일이다 그 말이냐?"

"네. 장물 장수가 돈으로 쳐준다기에 그만……."

백주의 거짓말을 들으면서도 온몸이 사슬로 묶인 듯 꼼짝도 할 수 없었다.

"네가 시킨 일이라는 걸 내 어찌 믿느냐."

백주가 잠시 멈칫했다. 나는 백주에게 말해야 했다. 거짓말을 하는 건 나 하나로 충분했다.

"백주야!"

하지만 나는 간신히 이름을 부르는 것 외에 아무런 말도 할 수 없었다. 백주가 조아렸던 고개를 살짝 내 쪽으로 틀었다. 백주가 정확히 내 눈을 쳐다봤다. 그리고 천천히 고개를 저었다. 백주의 입술이 굳게 닫혔다. 겁쟁이, 바보, 내가 아는 백주의 모습이 아니었다. 백주는 아무 말도 하지 않았지만 나에게 무슨 말을 하고 싶은지 알 것 같았다.

"반지랑 패물들을 받으러 온 게 아니고서야 제가 왜 이곳에 있겠습니까. 저 아이는 제 동생입니다. 그러니 다 제 잘못입니다. 그러니 저를……."

말이 끝나기도 전에 백주를 향해 매질과 발길질이 날아들었다. 백주는 온몸을 웅크리고 자신을 향해 날아드는 고통을 속수무책 받아들였다. 백희는 손 하나 까딱할 수 없을 만큼 축 늘어져 그저 매를 맞고 있는 오빠를 향해 눈물만 흘리고 있었다. 얼마나 시간이 지나야 이 고통에서 벗어날 수 있을까. 시간은 너무나 더디게 흐르고 있었다.

"저 연놈들이 빼돌린 패물들을 모두 돌려놓을 때까지 곳간에 가두도록 해라. 만약 돌려놓지 않으면 내일은 오늘보다 더 심한 매질을 당할 터이니 그리 알아라."

큰아들은 너무도 쉬운 몇 마디 말로 우리 셋의 운명을 쥐고 있었다. 빼돌린 패물 같은 건 없었다. 지금이라도 멍석 틈에 박혀 있는 반지를 빼서 돌려주면 그뿐이었다. 하지만 반지 하나를 돌려주는 것으로 끝날 일이 아니었다. 우리 셋은 다시 남정네들의 팔에 꿰어 곳간으로 끌려갔다.

"실토할 때까지 물 한 모금도 없으니 그리 알아."

사실을 말해도 사실을 받아들이지 않을 터였다. 사람들은 늘 자신이 믿고 싶은 것을 사실이라고 생각했다. 끼익 소리와 함께 곳간이 굳게 닫혔다.

"이러다 내일 또 송장 내가는 거 아닌가?"

밖에서 문을 잠근 사람들이 곳간을 벗어나는 소리가 들렸다. 나는 온몸을 꿰뚫고 지나가는 아픔을 참으며 간신히 백희 쪽으로 기어갔다.

"백희야……."

"언니, 미, 미안해……."

백희가 아주 작은 목소리로 간신히 입을 뗐다. 나는 백희의 작은 몸을 끌어안고 몸을 살폈다. 내가 몸으로 막아준 덕분인지 큰 상처는 보이지 않았다. 하지만 백희는 아직 너무 어린 아이였다. 백희의 멍든 얼굴과 볼을 어루만지자 백희는 온몸을 축 늘어뜨리고는 까무룩 잠이 들었다.

나는 다시 정신을 차리고 백주가 있는 곳을 바라봤다. 백주의 몸이 낫처럼 구부러진 채로 쓰러져 있었다. 나는 다시 곳간 바닥을 기어 백주에게 다가갔다. 백주에게 가는 길이 이토록 먼 적이 또 있었을까.

"백주야."

백주는 눈을 뜨려 했지만 잘 되지 않는 듯 괴로워했다. 저고리 고름이 다 풀어져 앙상한 가슴팍이 그대로 드러났다. 시뻘건 멍과 몽둥이 자국은 부풀어 있었고, 입술은 흉측하게 터져 피가 뚝뚝 흘러내렸다. 입에서는 낮은 신음이 끊이지 않았다.

"어쩌자고, 이 바보야. 어쩌자고 그랬어."

나는 백주의 저고리 깃을 잡고 흐느꼈다. 바보 같은 백주, 그저 혼자만 감당하려 하는 어리석은 녀석. 나는 백주가 어떤 마음으로 나선 것인지 누구보다도 잘 알고 있었다. 천천히 백주의 어깨를 감싸 안았다. 백주의 숨이 힘겹게 다음 숨을 붙들고 있었다.

"백희, 백희 좀……."

나는 백주의 손을 잡았다. 백주가 끝까지 지키려고 한 불씨는 아마 백희였을 것이다. 스스로 모든 불씨를 꺼트린 것이라고 자책만 하던 백주에게 마지막까지 지켜야 할 소명은 백희였다. 이제 무엇을 어떻게 할지 생각해보려 했지만 아무 생각도 나지 않았다. 아픈 몸이 끝도 없이 늘어지며 자꾸만 눈이 감겼다. 그저 지금은 우리 셋이 숨을 쉬고 있으니 다행이었다.

***

잠깐 잠이 들었다 눈을 뜬 건 바깥에서 난 인기척 때문이었다. 누군가 문밖에서 조심스럽게 서성이는 소리가 들렸다. 이윽고 바깥에서 문을 걸어 잠근 막대기가 걷히는 소리가 났고, 끼익 소리를 내며 문이 열렸다. 곳간을 가득 채운 새까만 어둠과는 다른 빛의 어둠이 곳간 안을 비집고 들어왔다. 서로 다른 두

어둠 사이에 아씨가 서 있었다. 나는 너무 놀라 아씨를 부르지도 못하고 어서 나를 봐주기를 기다렸다. 아씨가 문을 닫고 우리가 갇힌 어둠 속으로 천천히 걸어 들어왔다.

아씨가 나를 보고 놀란 듯 내 옆에 그대로 주저앉았다.

"기련아, 괜찮은 거야?"

"아씨, 여기는 어떻게 오셨어요."

아씨는 내 몸 여기저기를 살펴보고 놀란 듯 말을 잇지 못했다. 내 상처를 만지려다 차마 손을 대지 못하고 망설였다. 그리고 다시 백희, 백주에게 다가가 몸을 살폈다. 아씨는 가지고 온 보따리를 펼쳤다.

"먼저 물부터 좀 마셔."

아씨가 나를 부축해 입안으로 물을 흘려보냈다. 아씨는 백희와 백주에게도 물을 마실 수 있게 해주었다. 백주는 고통을 참으며 이를 악물었다. 아씨가 가져온 면포로 백주의 머리에서 흘러내리는 피를 닦아주었다.

"도대체 무슨 일이야. 이 집 사람들은 악독한 구석이 있는데 그걸 어찌 당해내려고."

"아씨, 밖에서 무슨 이야기 들으셨어요?"

아씨가 한숨을 내쉬었다.

"상중에 이런 불경한 일이 생겼으니 가만있지 않을 거래. 거기다 돌아가신 마님의 유품에 손을 댔으니. 그런데 지금 너희들을 보니 이대로 있다가는 그 전에 여기서 다 같이 죽게 생겼으니 어쩌면 좋아. 응?"

아씨는 초조한 듯 입술을 바르르 떨었다.

"백주가 큰일이에요. 지금 온몸이 피투성이인데."

아씨가 백주에게 다가가 이마를 짚어보았다.

"열이 펄펄 끓어. 나쁜 사람들, 그깟 반지 하나가 뭐라고."

아씨가 면포에 물을 적셔 백주의 이마에 얹어주었다.

"아씨, 어서 나가세요. 여기 있다가 아씨까지 의심을 받을 수 있어요."

"아니. 상관없어. 어차피 너희들이 없는데 내가 무슨 낙이 있겠어. 차라리 그냥 나도 너희랑 같이……."

나는 아씨의 손을 잡았다. 그건 안 될 말이었다.

"아씨까지 잘못되면 안 돼요. 그건 저도 백주도 바라는 바가 아니에요. 백주는 저랑 백희를 살리기 위해서 자기 몸까지 던졌어요."

나는 흐느끼는 아씨의 어깨를 끌어안았다. 아씨와 나의 심장이 한데 엉켜 뛰고 있었다. 우리는 아직 이렇게 살아 있었다. 우리를 도와주는 사람이 없어도, 막다른 길에 내쳐졌어도, 사랑하는 사람을 잃고 미워했어도 우리는 숨을 쉬고 있었다. 살아 있는 한 우리는 무엇이든 할 수 있어야 했다. 누군가를 돕고, 다시 길을 찾고, 미워했던 사람을 다시 이해해야 했다. 그러니 낭

비할 시간이 없었다. 죽음을 기다리며 시간을 헛되이 보낼 수는 없었다. 도망쳐야 했다.

"아씨, 여기서 밖으로 나갈 수 있는 가까운 길에 쪽문이 있지요? 지난번에 상을 나르다 본 것 같아서요."

아씨의 눈이 동그래졌다.

"응, 있어. 상인들이 물건을 내리는 곳이야. 그런데 왜?"

나는 백주와 백희 그리고 아씨를 번갈아가며 바라보았다. 함께라면 더 두려울 것이 없었다.

"그 쪽문으로 도망쳐야겠어요. 이대로 죽을 수는 없어요."

아씨가 내 말에 기다렸다는 듯 대답했다.

"그럼 나도 같이 가."

아씨는 이미 많은 것을 포기한 채로 버티고 있었다. 아씨는 내가 여기 온 칠 일의 시간이 자신에게 주어진 마지막 선물이라 말하곤 했다. 더 기대할 것이 없는 무기력한 삶은 아씨를 길들여가고 있었다. 그런데 도망가자는 말 한마디에 아씨는 다시 희망을 걸고 있었다.

"하지만 아씨가 저희 때문에 위험해지실 수도 있어요. 도망간 노비는……."

아씨의 얼굴에는 긴장이 역력했지만, 눈동자는 어둠 속에서도 빛나고 있었다.

"난 이제껏 내 힘으로 얻은 것이 하나도 없었어. 아무것도 하지 않아도 잘 살았으니까. 그리고 이젠 무엇을 해도 잘 살 수 없어. 하지만 나도 내 힘으로 내가 원하는 삶을 살고 싶어. 너희들하고 함께 갈래."

아씨의 말에는 이전과는 다른 어떤 힘이 있었다. 그리고 그 말은 내가 바라던 바이기도 했다.

"네. 우리 같이 가요."

아씨가 내 손을 꼭 잡았다. 그때, 백주가 몸을 잔뜩 웅크리며 격한 신음을 냈다. 아씨가 걱정스러운 얼굴로 백주를 바라보았다.

"그런데 어떻게 하지? 지금 도성 안을 돌아다닐 수도 없고."

어디로 가야 할까. 게다가 걷지도 못하는 백주, 백희를 데리고 어디로 숨을 수 있을까? 세상은 넓고 하늘은 끝도 없이 펼쳐져 있건만 우리가 꼭꼭 숨을 곳은 어디에도 없는 것 같았다. 아무런 생각도 떠오르지 않아 그저 마음만 초조했다. 온 신경 하나하나가 곤두섰다.

"하지만 지금이 아니면 도망칠 수 없어요."

"그건 그렇지만……."

날이 밝아오기 전에 이 곳간에서 나가야 했다. 어둠은 늘 기나긴 시간을 몰고 왔었는데, 오늘은 그 시간이 그 어느 때보다 짧고 야속하게 느껴졌다. 앞이 보이지 않는 어둠 속에서 도망치는 순간을 늘 그려왔다. 그럴수록 나는 늘 제자리걸음이었다.

아무것도 할 수 없다는 것을 확인하는 시간일 뿐이었다. 하지만 지금은 달라야 했다. 그 무엇도 포기할 수 없었다.

'도망쳐야 해. 도망칠 수 있어. 꼭 그럴 거야.'

두드려 맞아 아픈 몸은 아무 감각도 없었다. 그때, 내 머릿속에 하나의 공간이 펼쳐졌다. 도망치기 위해 나를 숨겼던 곳, 바로 시구문이었다.

"일단 이곳을 나가야겠어요. 백주가 더 지치기 전에요."

나는 백주에게 다가갔다. 백주는 온몸을 떨고 있었다. 손을 뻗어 백주의 얼굴을 쓰다듬자 백주가 신음을 내며 힘겹게 눈을 떴다.

"백주야, 우리 여기서 나가자. 응?"

눈물이 왈칵 쏟아졌다. 백주는 숨을 쉬는 것마저도 힘든지 밭은 숨을 몰아쉬었다.

"기련아……."

백주가 손을 뻗었다. 나는 그 손이 나에게 닿기도 전에 맥없이 풀려버릴 것 같아 얼른 움켜쥐었다.

"이 바보야, 그렇게 부르지 마. 내 이름 그렇게 슬프게 부르지 말란 말이야."

"백희, 부탁해."

"그게 무슨 소리야. 네 동생은 네가 돌봐. 난 안 할 거야. 네가 해."

나는 울먹이며 백주의 손을 더 꼭 잡았다. 백주가 입가에 엷은 미소를 지었다. 모든 것을 다 내려놓은 모습은 보고 싶지 않았다.

"네가 있어야 백희가 있지. 같이 나가자. 아씨랑 같이."

퉁퉁 부르튼 얼굴에 드리운 백주의 미소는 나를 불안하게 했다. 또다시 귓가에 풀피리 소리가 들렸다.

'아니야, 아니야. 이건 말이 안 돼. 이건 아니라고. 제발, 제발 그러지 마.'

나는 백주의 손에 얼굴을 묻고 세차게 고개를 저었다. 이 풀피리 소리가 백주의 죽음을 알려줄 것이라고는 단 한 번도 생각한 적이 없었다.

"난 못 가."

우리를 위해서 자기 목숨을 던져놓고 자신은 갈 수 없다니. 나는 그럴 수 없었다. 백주가 괴로운 듯 얼굴을 찡그리더니 목구멍에서 빨간 핏덩이를 게워냈다.

"안 돼. 제발 정신 차려."

아씨도 놀란 듯 백주 옆으로 다가와 핏덩이를 받아냈다. 백주는 어떤 직감을 한 것인지 자신에게 남아 있는 모든 힘을 눈을 뜨기 위해 쏟아부었다. 백주의 시선이 향한 곳은 백희가 누운 자리였다. 백희는 자신을 미워한다고 생각한 오빠가 자신을 가장 안타깝게 바라보고 있을 때마다 늘 잠을 자고 있었다. 백

주는 한 번도 백희를 미워한 적이 없었다. 백희를 제대로 지켜
주지 못하는 미안함을 안고 있었을 뿐이다. 나는 백희를 데려다
백주 옆에 눕혔다. 온몸에 통증이 퍼져 괴로웠지만, 몸 어딘가
에서 이 고통을 모두 받아내고 있었다. 백주가 천천히 손을 들
어 백희의 뺨을 어루만졌다.

"미안해."

백주는 그 한마디를 아주 정확히, 또박또박 말했다. 그것은
누구도 얕볼 수 없는 진심이었다. 나는 주체할 수 없이 흐르는
눈물을 어쩌지 못한 채 백주의 가녀린 가슴 위로 얼굴을 묻었
다. 스러져가는 백주를 앞에 두고 할 수 있는 것이 아무것도 없
었다.

"이 바보 겁쟁이야. 왜 그런 짓을 했어."

나는 백주의 옷깃을 잡고 흔들며 울부짖었다.

"가."

백주는 한마디 말을 끝으로 마지막까지 쥐고 있던 온몸의 기
운을 한순간에 턱, 내려놓았다. 온몸을 미세하게 움직이고 있던
힘들이 그 애의 몸에서 빠져나갔다. 아씨와 나는 누가 먼저랄
것도 없이 백주의 몸 위로 무너져 내렸다. 아직 따뜻한 온기를
머금은 백주의 몸이 금방이라도 깨어나 숨을 쉬고 말을 하고 웃
어줄 것만 같았다. 그러나 이제 그럴 수가 없다. 백주는 죽었다.

백주의 용기가 우리를 지켰다는 사실을 영원히 기억해야 했

다. 지금 이 순간 모든 것들을 하나도 잊지 않고 기억하기 위해 백주에게서 눈을 떼지 않았다. 하지만 오랜 동무의 죽음을 슬퍼할 겨를이 없었다. 우리의 발목을 붙잡고 있는 시간 때문이었다. 백주가 자신을 던진 건 우리를 살리기 위함이었다. 그러니 이제 살아남아야 했다. 어쩌면 그것이 백주를 끝까지 지키는 길이었다. 마지막으로 백주의 얼굴을 끌어안았다.

"꼭, 아무 일도 없을 거야. 걱정하지 마."

나는 망설임 없이 속치마를 뜯어 백주의 마른 몸을 덮었다. 백주는 늘 나에게 미안해했다. 백주의 미안함은 늘 나를 더 애달프게 했다. 내가 백희를 돌봐줄 때도, 먹을 것이 없어 음식을 갖다줄 때도, 아버지 약값이 없어 뻔뻔한 내 돈을 쓸 때도 백주는 미안해했다. 마지막 순간에도 그랬다. 하지만 백주는 잘못한 것이 하나도 없었다. 난 한 번도 백주에게 미안해하지 않아도 된다는 말을 해준 적이 없었다. 너무 늦은 나의 대답이 백주에게 닿을 수 있을까?

"미안해하지 마. 난 언제나 너에게 늘 고마웠는걸. 널 혼자 두고 가서 미안해."

나는 주머니 안에 남아 있던 푼돈을 털어 백주의 입에 넣어주었다. 이 돈이 이렇게 쓰일 것을 백주는 알았을까?

"바보야, 먼 길 배고프지 않게 가야 해. 가다가 못된 사람들한테 또 당하지 말고. 내가 도와줄 수도 없잖아."

나는 백주의 몸을 반듯하게 눕혀놓고 떨리는 몸을 추스르며 자리에서 일어났다. 참고 있던 고통에 몸이 휘청거렸지만 힘을 내야 했다. 아씨가 백희를 업었다. 백희는 오빠를 영영 잃은 줄도 모르고 아직도 꿈속 어딘가를 헤매고 있었다. 나는 백희에게 백주의 마지막 순간에 대해 알려주어야 할 것들이 있었다. 백희가 오빠를 오래 기억하기를 바랐다. 나는 백주의 저고리 고름을 손으로 뜯어 주머니 속에 넣었다. 아버지와 백주의 유품이 나를 지켜줄 것이라고 굳게 믿었다. 나는 용기를 내 곳간 문을 열었다. 마지막으로 한번 뒤를 돌아보았다. 백주가 꼭 '잘 가'라는 말을 해줄 것만 같았다.

***

　우리는 곳간을 열고 나와 쪽문을 향해 달렸다. 누군가 금방이라도 우리의 뒷덜미를 낚아챌 것 같아 달리고 달려도 문은 점점 더 멀어지는 것 같았다. 누구도 우리의 소리를 듣지 못하기를, 이 밤이 모두를 깨우지 않기를 바랐다. 앞서 뛰는 아씨의 등에 업힌 백희의 두 발이 허공에 흔들렸다. 백주의 빈 지게를 보며 뛰어가던 날이 생각나 자꾸만 눈물이 났다.
　"거의 다 왔어. 조금만 더 힘내."
　아씨가 고개를 슬쩍 돌리며 속삭였다. 그리고 이제 쪽문이 가까워져 올 때였다. 문 앞에 지게 하나가 아무렇게나 나동그라져 있었다.

"백주의 지게예요."

백주의 시신은 마지막까지 거두지 못했어도, 백주의 지게마저 그대로 버려둘 수 없었다. 나는 처음으로 백주의 지게를 어깨에 멨다. 텅 빈 지게의 무게를 그대로 느끼며 달리기 시작했다. 백주가 차마 다 말하지 못한 아픔과 눈물이 그 안에 있었다. 내가 짊어질 수 있어 다행이라고, 백주가 그렇게 생각해주기를 바랐다.

드디어 쪽문이 열리고, 우리는 단숨에 문턱을 넘었다. 밤바람이 세차게 불어 잎사귀도 없는 마른 나뭇가지들을 죄다 흔들어대고 있었다. 별이 밝으면 바람이 많이 불 거라는 백주의 말은 틀리지 않았다.

"이제 어디로 가지?"

아씨가 갈림길에 서서 걸음을 멈추었다.

"시구문이요."

"시구문? 거기는 왜?"

"산 사람은 오지 않는 곳, 그곳이 우리가 도망칠 곳이에요."

아씨와 내가 만났던 곳, 백주와 내가 늘 다퉜던 곳, 도망칠 수 없는 내가 도망치기 위해 숨었던 곳이 시구문이었다. 하지만 그곳으로 가기 전에 나는 꼭 한번 만나야 할 사람이 있었다.

문밖으로부터

집 앞 근처에서 발걸음이 멈췄다. 저만치 보이는 싸리문 앞에는 아직도 빨간 깃발이 꽂혀 있었다. 나를 위해 꽂아두었다던 그 깃발은, 온 밤을 어머니와 함께 쉬지 않고 흔들리고 있었다. 나는 잠시 깃발 옆에 서서 무엇을 어떻게 해야 할지를 생각했다. 늘 어머니로부터 도망치려고만 했기에, 나 스스로 어머니에게 다가가는 것이 퍽 낯설게 느껴졌다. 밤바람이 깃발을 힘차게 펄럭이며 등을 떠밀고 있었지만, 어머니에게 한 발을 떼어놓기란 쉬운 일이 아니었다. 망설이는 내게 아씨가 다가왔다.

"어서 가보자."

백희를 업고 달려오느라 아씨의 이마에 땀방울이 촘촘히 맺혀 있었다.

"무슨 말을 먼저 해야 할지 모르겠어요."

"어머니가 먼저 말씀을 하시지 않을까?"

생각해보니 그랬다. 어머니는 항상 나에게 먼저 말을 건넸다. 내 대답은 늘 거칠고 날이 잔뜩 서 있었지만, 어머니는 늘 변함없이 반듯했다. 나는 천천히 집 안으로 걸어갔다. 어머니는 마당에서 빨간 깃발을 향해 절을 하고 있었다. 어머니의 가냘픈 몸이 쉬지 않고 앉았다 일어나기를 반복했다.

몇 년 동안 하루도 빠짐없이 한밤중에 일어나 깃발 앞에서 기도를 드린다고 하더구나. 그런 정성이 쌓이면 뭐든 못 할까. 아무리 못된 신이라도 그 기도를 들어주지 않겠니.

동구 아주머니에게 들은 이야기가 떠올랐다. 나는 어머니를 향해 걸어갔다. 어머니가 절을 하고 제를 지내는 모습을 한두 번 본 것도 아니건만, 오늘만은 그 모습을 예사로이 넘길 수가 없었다. 김 대감 집에 가기 전의 나와 지금의 내가 달라졌고, 진실 하나가 달라졌기 때문이다. 소문은 바람을 타고, 비를 맞고, 낙엽처럼 온 바닥을 아무렇게나 뒹굴어 다닐지언정 그 속에 숨어 있는 진실은 변하지 않는 것이었다. 나는 진실이 무엇인지를 알려고 하지 않았다. 그러니 나도 소문을 떠벌리고 다니는 뭇사람들과 다를 바가 없었다. 그 진실이 무엇인지, 너무 늦었지만 이제는 알아야 했다.

　나는 온몸에 난 땀과 매질을 당한 몰골이 신경 쓰여 소매로 얼굴의 땀을 훔쳐내고, 매무새를 가다듬었다. 그리고 아무렇지 않은 표정을 지으며 어머니에게 다가갔다. 어머니가 인기척을 느끼고 내 쪽을 바라봤다. 어머니의 반듯한 얼굴이 나를 알아보고는 순식간에 일그러졌다.

　"기련아, 이게 도대체 무슨, 무슨 일이냐!"

　어머니는 버선발로 뛰쳐나와 터지고 짓밟힌 내 몸을 쓰다듬었다. 그리고는 더 이상 어찌할 바를 모르고 나를 와락 품에 안았다. 늘 그랬듯 어머니에게서는 짙은 향내가 났고, 늘 그랬듯 그 냄새는 내 마음을 안타깝게 했다.

　"어머니, 저는 괜찮아요."

　어머니는 믿을 수 없다는 듯 내 얼굴을 보고 또 확인했다.

　"도대체 무슨 일이니? 어디서 이렇게 매질을 당한 거야?"

　어머니는 지금 이 순간 무당도 아니고, 아버지를 잡아먹은 나쁜 아내도 아니었다. 그저 자식을 걱정하는 어머니일 뿐이었다. 아니, 어머니는 한순간도 어머니가 아니었던 적이 없었다. 그저 내가 외면해온 순간들이 있었을 뿐이었다.

　"어머니, 백주가 죽었어요. 백주가……."

　내 말을 들은 어머니의 입술이 파르르 떨렸다. 그리고는 등을 돌려 무언가 중얼거리기 시작했다.

나는 문밖에 서 있던 아씨에게 들어오라는 손짓을 했다. 아씨가 어머니 눈치를 보며 안으로 들어와 공손하게 허리를 숙였다. 어머니가 알 수 없는 표정으로 아씨를 바라보았다.

"어머니, 백희가 많이 아파요."

어머니가 백희의 이마를 짚어보고는 내 방으로 들어갈 수 있게 문을 열어주었다.

"방에서 기다리렴."

어머니는 따뜻한 물과 수건 그리고 먹을 것을 챙겨 방으로 들어왔다. 물수건을 만들어 내 얼굴과 매질을 당한 몸 여기저기를 닦아주었다. 하얀 면포에 붉은 핏물이 짙게 스며들었다. 이제야 미뤄두었던 통증이 느껴졌다. 매질을 당할 때도 백주와 마지막 인사를 나눌 때도 그리고 이곳으로 달려올 때도 그랬다. 살기 위해 다른 건 아무것도 느낄 수가 없었다.

"도대체 무슨 일이 있었던 게냐."

어머니는 침착한 듯 보였지만, 얼굴에 드리워진 근심마저 숨길 수는 없었다. 나는 물끄러미 백희를 바라보았다.

아씨도 물수건으로 백희의 얼굴과 손가락을 닦았다. 백희가 잠시 정신이 들었는지 눈을 떴다가 내 얼굴을 확인하고는 다시 잠이 들었다. 아씨와 나는 어머니가 챙겨준 식은 밥과 몇 가지 찬으로 배를 채웠다.

이제 곧 새벽이 올 시간이었다. 그럼에도 나는 어머니에게 떠

난다는 말을 하지 못하고 있었다. 늘 집을 떠나겠다는 말을 해 왔던 나인데, 정말 떠날 순간이 오자 입이 떨어지지 않았다.

"너희들이 없어진 걸 알면 분명 여기로도 찾으러 올 거야."

어머니는 방문 앞에 앉아 우리들을 물끄러미 바라보았다. 아씨의 얼굴에도 짙은 그늘이 졌다.

이제 동이 트고, 문이 열리는 때가 오면 우리는 이곳을 떠나야 한다. 우리가 아무 말도 없자, 어머니는 조용히 방문을 열고 나갔다.

"어머니께 말씀드려야 하잖아. 더 늦어지기 전에."

"네. 그런데 아무런 말도 나오지 않아요. 이상해요."

늘 어머니를 향해 거침없이 달려들었던 나는 어디로 간 걸까. 하지만 우리에게 시간은 많지 않았다. 나는 아씨에게 잠시 기다려달라는 말을 하고 밖으로 나왔다. 익숙한 어머니의 뒷모습이 나를 향해 서 있었다. 그런 어머니에게 한 발짝 다가갔다. 인기척을 느낀 어머니가 뒤를 돌아보았고, 이제야 마주 선 우리는 선뜻 아무 말도 할 수가 없었다. 그동안 미뤄놓았던 수많은 말들이 우리 사이를 가득 채웠고, 그 밀도에 한 발을 앞으로 떼어놓기가 쉽지 않았다. 하지만 우리는 더 미뤄둘 수 없는 시간의 끝에 서 있었다.

"기련아, 떠나겠느냐."

늘 먼저 말을 걸어온 건 어머니였다. 어머니는 담담한 듯 내게 물었지만, 눈빛이 흔들리는 것까지는 숨길 수 없었다. 가슴 한구석이 철렁, 끝도 없이 내려앉았다.

"떠나야겠지. 언젠가는 이런 날이 올 줄 알았으니까."

어머니가 차마 내 얼굴을 바로 보지 못하고 고개를 옆으로 떨 구었다.

"어머니, 여쭤볼 말이 있어요."

나 역시 어머니를 마주 볼 용기가 없는 건 매한가지였다. 어 떤 진실을 마주하게 될지 여전히 두렵고 또 두려웠다.

"어머니, 동구 아주머니가 한 말이 사실이에요?"

나는 대답을 들은 것도 없이 눈물이 났다. 굵은 눈물이 뚝뚝, 뺨에 머무를 시간도 없이 허공으로 흘러내렸다.

"김 대감 집에서 들었어요. 아니, 제가 일하러 가는 날도 방 안에서 들었어요."

어머니가 내 앞으로 천천히 걸어왔다. 하지만 나는 그 모습 을 차마 똑바로 볼 수 없어 그 자리에 주저앉았다. 땅바닥을 짚 고 있는 손 위로 눈물이 떨어졌다. 어머니가 다가와 내 손을 잡 고 어깨를 살며시 끌어안았다. 나는 떨고 있었고, 어머니도 그 랬다.

"지금은 알지 않아도 돼. 모른 척해줘."

"아니요. 이젠 알고 싶어요. 그걸 알아야 떠날 수 있어요."

나는 왜 이토록 이기적인 걸까? 이렇게 끝까지 엉망진창이어도 되는 걸까? 떠나기 위해 사실을 말해달라는 나를 어쩌면 좋을까.

"기련아……."

"어머니가 이리 되신 게 저 때문인가요?"

드디어 묻고 싶었던 질문이 입 밖으로 튀어나갔다. 어머니의 대답이 나를 아주 오래 힘들게 할 것을 예감했지만 이런 나와 달리 어머니에겐 작은 두려움 하나도 보이지 않았다.

"기련아, 그저 이 삶은 나의 몫일 뿐이란다."

나는 아무 말도 할 수 없어 눈물만 흘릴 뿐이었다. 어머니가 내 두 뺨을 부드럽게 쓰다듬었다. 어머니가 기꺼이 내 짐을 짊어졌는데도 이제껏 내가 한 일은 아무것도 없다는 사실이 나를 무너뜨리고야 말았다. 매 순간마다 내 옆에 있었던 건, 오로지 어머니뿐이었다는 사실을 왜 이제야 알게 된 걸까.

"떠나는 사람은 가볍게 가는 거야. 그래야 좋은 길로 간단다."

이 세상에 나를 위해 기도해주는 단 한 사람은 어머니뿐이었다. 사실을 넘어선 진실은 이것 하나뿐이었다. 나는 이외에 다른 어떤 진실이 필요했던 걸까. 무엇이 더 필요해서 어머니와 나 사이를 괴롭혔을까.

어머니가 나를 일으켜 세웠다. 어머니를 끌어안고 싶었지만 내게는 그것마저도 큰 용기가 필요했다. 어머니가 망설임 없이 나를 끌어안았다. 짙은 향내가 의미하는 것은 오로지 어머니만

이 알고 있는 진실일 것이다. 소문이 사실을 묻어버렸듯, 어머니는 긴 세월 동안 짙은 향내가 가득한 방 안에 앉아 진실을 조용히 숨겨왔을 것이다. 이 모든 것을 알고 내가 가야 할 곳이 어디인지, 그저 가슴만 아팠다.

"잠시 여기서 기다리렴."

푸르스름한 새벽빛이 동쪽 하늘 끝자락에서 연기처럼 피어오르고 있었다. 백희를 안고 밖으로 나온 아씨는 걱정 어린 표정으로 나를 바라보았다. 방에서 나온 어머니의 손에 작은 조각보가 들려 있었다.

"여기에 너를 위한 비방이 들어 있다. 너는 믿고 싶지 않겠지만, 이게 너를 지켜줄 거야. 이 어미가 꼭 그렇게 할 거다."

나는 어머니가 내민 조각보를 받았다.

"나는 너를 지킬 거야. 그러니 너는 온전히 너로서 살아야 해. 알겠니?"

조각보를 품에 꼭 끌어안았다. 손가락 사이사이에 스며드는 보드라운 감촉이 꼭 어머니의 살결 같았다.

"어서 가렴. 이제 곧 인경이 울릴 거야."

어머니가 내 뺨을 부드럽게 쓸어주고는, 자신의 손을 거두었다. 그리고 먼저 내게 등을 돌렸다. 항상 밀쳐내고, 원망했던 어머니의 등은 이렇게도 작고 연약했다.

"어머니 말씀대로 살게요. 믿어주세요."

어머니의 어깨가 조금씩 들썩였다. 어머니는 나에게 그 모습을 들키고 싶지 않았는지 뒤도 돌아보지 않고 방으로 뛰어들어 갔다. 안에서 문을 잠그는 소리가 들렸다. 어머니의 방에 불이 꺼졌다. 스러지는 불빛에 비친 어머니의 모습이 어룽거렸다. 디딤돌 위에는 늘 그렇듯 어머니의 짚신이 가지런히 놓여 있었다.

나는 어머니 방을 향해 절을 했다. 이제 다시는 울지 않겠다는 다짐도 했다. 저만치 시구문 근처에서 인경 소리가 울려 퍼졌다. 나를 나로서 살게 하고 싶어 했던 어머니를 위해 그리고 삶을 다시 이어나갈 수 있게 해준 백주를 위해 이제는 내가 내 삶을 이끌어야 할 시간이었다.

*　*　*

우리는 어머니가 마련해준 수레에 백희를 눕혔다. 백희의 손에 백주의 옷고름을 쥐여주고, 그 위에 거적을 덮었다. 나는 백주의 지게를 진 채 앞에서 수레를 끌었고, 아씨가 뒤에서 밀었다. 우리는 발을 맞추며 시구문을 향해 걸음을 바삐 옮겼다. 가는 곳마다 새벽이슬이 우리의 발을 촉촉이 적셨다. 한참을 걷다 우리가 멈춘 곳은 내가 늘 서 있던 시구문 앞 중간 길이었다. 완만한 곡선의 중간 자리는 초입 길과 시구문 성곽이 가장 잘 보이는 길이었다. 잠시 이곳에서 만났던 사람들을 생각했다. 내가 백주를 잃고 이곳을 지나리라고는 한 번도 생각해보지 못했다. 누군가의 절절한 마음을 이용하려 했던 내가 어리석었다는 것을 알았다. 백주는 마지막까지 나를 일깨워주는 아이였다. 나는 어깨에 걸친 지게 끈을 더 단단히 조였다.

"설마 백희가 잠에서 깨어나진 않겠지?"

아씨가 시구문 성곽이 가까워져오자 불안해했다. 사람들이 도망간 노비를 어떻게 하는지 잘 알고 있었기에 나도 적잖이 두려움이 앞섰다.

"백희는 아침잠이 많아요. 걱정하지 마세요."

나는 불안해하는 아씨를 향해 웃어 보였다. 아씨가 고개를 끄덕이며 거적 끝자락을 매만졌다. 가느다란 손가락이 떨리고 있었다.

"이제 다시 출발해요."

"그래. 근데 지게도 무거울 텐데 괜찮아? 몸도 성치 않고."

하지만 나에겐 책임이 있었다. 백주를 끝까지 놓지 않는 것은 마땅히 내가 해야 할 일이었고, 백주도 어쩌면 내가 그렇게 해주기를 바랄 것이라고 믿었다. 백주는 누군가 자신을 위해 책임을 다해줄 사람을 곁에 두고 싶어 했다. 지금이라도 나는 그 애를 위하는 길이 있다면 뭐든 다 하고 싶었다.

"아씨, 이건 제 몫일 뿐이에요. 염려 마세요."

나는 다시 앞서 수레를 끌었다. 지게 발이 수레에 닿을 때마다 덜걱덜걱 소리가 났다. 백주가 나에게 주고 간 것이 무엇인지 끊임없이 생각했다. 눈물이 흘러내려 시구문 흙길로 툭툭 떨어졌다. 그렇게 다다른 시구문 앞의 을씨년스러운 기운은 다가오는 봄의 기운이 전혀 닿지 않은 겨울 그대로였다. 어느 날, 이곳에서 만난 할아버지의 말이 떠올랐다.

여기는 항상 그렇지. 겨울이 가장 먼저 오고, 봄이 가장 늦게 오는 곳이니까.

나는 이 문을 넘으면 찾아온 봄을 충만히 느낄 수 있기를 바랐다. 하지만 마지막 관문이 남아 있었다. 아직 눈에 새벽잠이 가시지 않은 젊은 포졸 하나가 긴 창으로 문을 막으며 우리를 불러 세웠다.
"시체냐?"
두려워도 피할 길이 없었다.
"네에."
"시체를 운반하는 것이 너희들뿐이냐?"
"어른들이 곧 따라오실 겁니다."
나는 작은 거짓말 하나를 보탰다. 그것은 나에게 아주 익숙한 일이었다.
"거적을 들춰보거라."

거적을 들추면 그 안에는 살아 있는 어린 백희가 누워 있었다. 그것을 들키면 우리는 문 하나를 넘지 못하고 주저앉게 된다. 마지막 거짓말을 꺼내놔야 했다. 김 대감 집에서 동구 아주머니한테 들었던 말이 떠올랐다.

"안 열어보시는 것이 좋습니다."

나는 얻어맞아 부은 얼굴을 포졸 앞에 드러냈다. 입술이 터지고, 눈두덩이 부은 내 모습을 본 포졸은 흠칫 놀라더니 한 발 뒤로 물러섰다.

"그, 그게 무슨 소리냐!"

"신병이 돌고 있습니다. 이 아이가 눈 감은 모습을 보게 된다면 나리께서도…….'"

"무슨 헛소리를 하는 게야?"

포졸은 고함을 쳤지만 표정에서 언뜻 두려움이 읽혔다.

"의원들은 역병이라 하겠지만, 조심하셔야 합니다. 때로는 의술로 해결되지 않는 일들이 더 많은 법이니까요."

포졸이 헛기침을 하더니 내 턱을 잡고 고개를 들어 올렸다. 포졸은 나와 눈을 마주치려 했고, 나는 피하지 않고 맞섰다. 우리는 기필코 이 문을 나서야 했다.

"네가 무당이냐?"

거짓말이 아닌 사실, 답은 한 가지뿐이었다.

"저는 무당의 딸입니다."

한 번도 내 입으로 뱉어본 적 없던 말이었다. 말하지 않는다고 사실이 변하는 것도 아니면서 나는 왜 그 한마디를 그토록 어려워했을까.

포졸은 나를 위아래로 노려보고는 창을 거뒀다. 나를 향해 부라리던 눈이 시구문 바깥쪽을 향했다.

"당장 썩 나가거라. 꼭두새벽부터 재수 없는 꼴이라니."

포졸의 말을 듣자 가슴을 꽉 막고 있던 바윗덩어리 하나가 서서히 부서지는 듯했다. 드디어 밖으로 나갈 수 있는 문이 열렸다. 나는 그 문을 향해 걸어갔다. 백주의 지게가 수레에 닿아 덜걱덜걱 소리가 났다. 이번만은 백주가 나에게 잘했다고 칭찬을 해주는 것만 같았다.

휘이이이, 삐이이.

문으로 가까이 다가갈수록 풀피리 소리가 점점 더 크게 들렸다. 하지만 이상하게도 죽음이 가까워져올 때마다 들렸던 그 소리가 지금은 두렵지 않았다. 이제 무엇을 어떻게 믿을지 스스로 결정해야 했다. 그리하여 나는 지금의 이 풀피리 소리가 이전의 나를 끊어내는 소리라고 믿기로 했다. 죽음은 그 자체로 끝이 아닌 또 다른 시작이었다. 문 안쪽에 살았던 나는 이 문을 나감으로써 죽지만, 새로운 나의 삶이 문밖에서 다시 시작될 것임을 믿을 작정이었다.

덜컹, 마침내 수레가 문밖으로 밀려 나갔다. 예전의 나 자신
을 몸 밖으로 밀어내는 아주 명징한 확인이었다. 시구문은 나에
게 또 다른 시작이자 출발점이었다.

우리의 수레는 거침없이 앞을 향해 달렸다. 누가 먼저랄 것도
없이 떠오르는 아침 해를 향해 자꾸만 앞으로 달렸다. 아무리
달려도 길은 어디에나 펼쳐져 있었다.

***

우리는 쉬지 않고 달렸다. 고개를 넘고 계곡을 건너 산을 올
랐다. 분명 봄이 찾아오는 풍경을 보았고, 얼음이 녹아 제법 불
어난 계곡의 물소리를 들었지만, 우리는 그것들 중 어느 하나도
눈과 귀에 담지 않았다. 그저 뒤에서 누군가가 불쑥 튀어나와
우리를 집어삼키진 않을까 하는 불안과 싸울 뿐이었다. 우리는
달리는 내내 입을 굳게 다물었다. 우리는 어렵게 지켜낸 새 삶
이 더는 아무렇게나 어딘가에 처박히는 것을 원하지 않았다. 한
참을 힘든 것도 모르고 정신없이 산을 넘었다.

"흐으응, 흐흐흐흥……."

우리의 발을 붙든 건 백희의 울음소리였다.

아씨도 백희의 울음소리를 들었는지 뒤에서 내 이름을 불렀

다. 우리는 가까운 나무 쪽으로 수레를 갖다 댔다.

아씨가 수레 위에 덮여 있던 거적을 들추자, 백희가 반듯하게 누워 눈도 뜨지 못한 채 울고 있었다. 오른손에 내가 쥐여준 백주의 옷고름을 꼭 쥔 채였다. 백희가 무엇 때문에 울고 있는 것인지 알 수 있었다.

"오빠······."

아씨와 나는 백희 곁으로 다가가 무릎을 낮추고 머리를 맞댔다. 아씨가 백희의 한쪽 손을 끌어다 자신의 품 안으로 가져갔다. 백희는 지금 자신이 할 수 있는 가장 진실한 마음으로 백주를 기억하는 중이었다. 우리는 아무 말도 없이 그저 백희의 울음소리를 들었다. 아씨와 나에게도 백주의 죽음을 조금 더 천천히 되돌아볼 시간이 필요했다.

"오빠는 나 때문에 죽은 거지? 그렇지?"

백희가 울먹거리며 간신히 말을 토해냈다. 아씨는 백희의 이마에 달라붙은 머리칼을 천천히 쓸어넘겼다. 누구 때문이라는 말을 할 수는 없었다. 우리는 모두 다 누구 때문에 살 수 있고, 죽을 수 있었다. 나는 백주의 죽음이 그저 죽음으로 끝나는 것을 바라지 않았다.

"오빠는 너를 미워하지 않는대. 많이 미안하다고 전해달랬어."

백희가 천천히 감은 눈을 떴다.

"언니, 나 이제 오빠 못 만나?"

하지만 백희는 이미 알고 있었다. 사람의 육체는 여기에 없어도, 마음은 늘 우리와 함께 머물러 있다는 것을.

백희가 백주의 옷고름을 들어 제 뺨에 비비고 냄새를 맡았다. 옷고름에 백희의 굵은 눈물이 스며들었다. 백주의 허름한 옷고름이 맑은 유리구슬처럼 너무도 투명하게 보였다.

"오빠 냄새가 곧 사라지겠지?"

아씨가 그 말을 듣고 백희의 어깨를 끌어안으며 함께 울었다.

"그 냄새를 기억하는 건 마음이야. 나는 그 마음을 잊지 않을 거야. 너도 그럴 거지?"

백희가 대답 대신 더 크게 울기 시작했다. 백희의 울음소리가 바람과 햇살, 공기와 섞여 온 하늘로 가볍게 퍼져나갔다. 백주에게 미처 다 전하지 못한 백희의 위로와 사과였다. 우리는 가벼이 퍼져나가는 그 마음을 오래도록 지켜보았다. 백주에게 그 마음이 무사히 닿기를 바랐다.

***

산등성마루에 오르자 해가 우리들의 머리 위 가장 완벽한 자리에 떠오른 것이 보였다. 아씨가 햇살을 받아 온기를 머금은 너른 바위 위에 백희를 앉혔다. 나는 산 아래로 펼쳐진 풍경을 내려다보았다. 작은 나뭇가지에 새순이 돋고, 잎사귀를 피워 나무가 되면, 그 나무들이 서로를 부둥켜안아 숲이 되는 과정이 한눈에 들어왔다. 그리고 나는 이제야 스스로를 내려다볼 수 있었다. 문 안에서의 나를 세세하게 기억하는 일, 문 안에 남은 어머니와 백주를 온전히 기억하는 일은 새로운 삶의 출발점이 되어야 마땅했다.

"어쩜 그 몸을 하고도 지치지 않고 달리니?"

아씨가 신기하다는 듯 물었다.

"백주의 지게 덕분인가 봐요. 백주도 지게만 메면 아무리 힘들고 아파도 끄떡없이 달렸거든요."

나는 옆에 세워둔 지게를 쓰다듬었다. 백주와 이 풍경을 함께 바라볼 수 있었다면 얼마나 좋았을까.

나도 죽으면 내 마음이 어디로 가는지 나조차도 모르겠지?

어느 날 백주가 나에게 했던 말을 떠올렸다. 나는 이제 그 질문에 대한 답을 백주에게 줄 수 있을 것만 같다.

'백주야, 네 마음이 가는 곳이 어딘지 내가 알아줄 거야. 그러니 두려워하지 마.'

나는 하늘을 향해 손을 뻗어보았다. 부드러운 바람이 손바닥을 따뜻이 감싸 안았다. 백주의 마음도 두려움을 버리고 우리와 함께 이곳에 와 있음을 느꼈다.

아씨가 내 옆으로 다가와 산 아래를 내려다보았다.

"아까 시구문을 나설 때 기분이 정말 이상했어. 죽음과 가까운 문인데 오히려 새로운 삶을 시작하는 기분이었거든."

아씨에게도 시구문이 좋은 기억일 리 없었다. 아씨는 아마 그 문을 나서며 돌아가신 아버지를 떠올렸을 것이다. 그런데 그곳을 지나며 나와 같은 생각을 했다니, 우리가 이제 조금 더 나은 삶을 꾸려나갈 수 있을 거란 희망에 가슴이 두근거렸다.

"아씨와 함께할 수 있어서 다행이었어요. 저 혼자였다면 아마 포기했을 거예요."

"나 역시 그래. 넌 항상 날 도와줬지."

"절 도와준 건 아씨였어요."

나는 아씨에게 아직도 하지 못한 말이 있었다. 언젠가 아씨에게 그 깃털에 대한 이야기를 해야 한다고 생각했지만, 막상 사실을 이야기하려고 하면 미안한 마음을 떨치기 어려웠다. 아씨에게 또 다른 상처를 줄 것 같아 겁이 났다. 하지만 문밖을 나선 이 순간, 나는 용기를 내고 싶었다. 그것이 내가 문을 나서고 해야 할 첫 번째 일이었다.

"아씨, 드릴 말씀이 있어요."

아씨가 무슨 말인지 궁금하다는 듯 귀를 기울였다.

"그 깃털이요. 제가 드린……."

아씨는 소매 안쪽에서 백주가 준 조각보에 싸인 깃털을 꺼냈다.

"사실 그 깃털은 대감님의 것이⋯⋯."

아씨가 내 손을 덥석 잡았다. 아씨의 손은 늘 부드럽고 따스했다.

"아무래도 상관없어."

내가 고개를 들지 못하자, 아씨가 내 앞으로 성큼 다가왔다. 그리고는 미안함에 어찌할 바를 모르는 나를 꼭 끌어안았다. 아씨의 품은 내가 처음 그 깃털을 만졌을 때 느꼈던 느낌과 다르지 않았다. 나는 아씨의 작지만 단단한 어깨에 고개를 떨궜다.

"중요한 건 마음이잖아. 난 네가 나에게 준 마음이면 충분해. 아버지도 분명 좋아하셨을 거야."

나는 천천히 고개를 들어 아씨를 바라보았다. 아씨의 눈에 맺힌 눈물이 그 어느 때보다 가벼웠다. 소중한 것은 사실보다 마음속 진실이라는 것을 나는 어머니에게서, 아씨에게서, 백주에게서 배웠다. 이제 살아가는 내내 내가 믿어야 할 것이 무엇인지 잊지 않기로 다짐했다.

아씨가 무언가 생각난 듯 가지런한 이를 드러내 보이며 벙싯 웃었다.

"맞다. 혹시 기억나? 우리 다시 만나면 그때는 서로 동무가 되어주기로 한 거."

우리가 시구문 앞에서 나눈 약속이었다. 너무나 바랐던 일이지만 일어나지 않을 일이라고 생각했었다.

"우리, 다시 태어났으니 이제 동무하기로 해."

아씨가 나를 향해 손을 뻗으며 밝게 웃었다. 내게 그럴 자격이 있을까, 그런 질문은 이제 하지 않기로 했다. 나는 고개를 끄덕이며 수줍게 손을 내밀었다. 아씨가 기다렸다는 듯 내 두 손을 잡고 가벼이 흔들었다. 가운데 앉아 있던 백희가 우리가 맞잡은 손 사이로 자신의 얼굴을 끼워 넣었다.

"난 친구 싫어. 계속 동생 할 거야."

우리는 문을 나선 이후 처음으로 밝게 웃었다. 이번만은 누구라도 우리의 웃음소리를 들어주기를 바랐다. 제법 따스한 봄바람이 머리 위를 훑고 지나갔다. 한없이 다정하고 부드러웠다.

나는 자리에서 일어나 주머니 속에서 붉은 댕기를 꺼냈다. 바람이 춤을 추듯 불어와 내 손 안의 댕기를 훑고 지나갔다. 바람에 펄럭이는 댕기는 분명 자유로워 보였다. 하지만 그것은 여전히 내 손 안에 머물러 있었다. 더 자유로울 수 있는 길이 있었다. 나는 아씨를, 아니 나의 동무를 바라보았다. 그 사람이 나를 보고는 웃으며 고개를 끄덕였다. 나는 잡고 있던 댕기에서 천천히 손을 뗐다. 따스한 바람이 기다렸다는 듯 힘차게 불어와 댕기를 하늘 높이 띄워 올렸다.

백희가 내 손을 잡았다.

"언니, 우리 이제 어디로 가?"

"어디든."

백희가 나를 빤히 쳐다보았다.

"그럼 우리 이제 뭐 해?"

나는 백희의 머리를 쓰다듬었다.

"살아야지."

아씨도 내 손을 잡았다. 우리 셋은 서로의 손을 잡고 파란 하늘 안에서 자유롭게 흩날리는 댕기를 바라보았다.

살아가는 내내 기억해야 했다. 앞으로의 삶이 힘들더라도, 우리에게는 우리가 있다는 것을. 우리에게 기꺼이 문밖의 길을 내어준 어머니와 백주가 있었다는 것을. 나는 이제 운명이 나를 이끄는 것이 아닌, 내가 운명을 이끌어보겠노라 다짐했다. 두렵지 않았다. 나는 손에 힘을 주고 두 사람의 손을 꼭 쥐었다. 마주 잡은 서로의 손에 따뜻한 온기가 고여 있었다. 언 땅을 뚫고 피어나는 새싹의 생명력이 발아래에서 시작되고 있었다. 우리가 걸어가야 할 길에 이미 봄이 성큼 다가와 있었다.

시구문

창작 노트

***

    나는 오래전부터 '죽음'이라는 단어를 떠올릴 때마다 막연한 두려움에 슬퍼지곤 했다. 내가 없고 그 사람이 없는 세계가 어떻게 가능하다는 건지 아무리 생각해도 상상할 수 없었다. 하지만 누구에게나 꼭 한 번은 다가올 일이라는 걸 알기에, 피할 수 없는 두려움은 사라지지 않았다. 누가 해결해줄 수 있는 일도 아니었다.

    몇 해 전, 죽은 사람이 나가는 문인 '시구문'에 대해 알게 됐다. 그 문을 나갔을 수많은 사람들을 생각하니 자꾸만 마음이 가라앉았다. 꺼려지고 보고 싶지 않은 문. 하지만 시간이 갈수록 나는 조금 특별한 광경을 떠올리게 됐다. 죽음과 맞닿은 그 공간에서 강한 생명력이 느껴졌다. 그 문 근처에 누가 살고 있을까. 분명 아이들이 있었다. 나는 그 아이들이 보고 싶었다. 두려움의 문 뒤에 숨어, 그곳을 한참 동안 지켜보기만 했다.

    어느 날, 그 아이들이 찾아와 내 문을 두드렸다. 그리고 또박또박 큰 소리로 말했다.

언제까지 숨어만 있을 건가요? 죽음을 두려워하지 말고, 삶을 이야기해봐요.

죽음이 두려운 만큼 삶에 대해 얼마나 진지했었는지 스스로에게 묻는 시간이었다. 내 삶 속에 함께 살아 있는 사람들을 다시 소중히 여기는 시간이었다. 이 순간을 통과해 지나간 사람들을 다시 한번 기억하는 시간이었다.

우리는 사는 동안 수많은 문 앞에 서게 된다. 기쁜 마음으로 열 수 있는 문도 있겠지만, 도저히 열 수 없어 피하고 싶은 문 앞에 더 많이 서 있게 될지도 모르겠다. 하지만 벌벌 떨리는 손으로 두려움의 문을 열었을 때, 삶은 우리에게 더 반짝이는 것을 가져다준다고 믿어 의심치 않는다. 더 이상 나아가지 못하겠다고 생각할 때도 당신이 또 하나의 문을 열어볼 수 있기를 바란다. 나도 당신의 떨리는 두 손을 기꺼이 잡아줄 한 사람이 될 테니.

오래전부터 갖고 있던 두려움 하나를 이 글과 함께 문 밖으로 내보낸다. 떨리고 두려운 마음으로 조금씩 열리고 있는 문틈을 바라보고 있다. 내 삶 속에서 끝까지 기억될 순간이다.

지혜진

시구문

ⓒ 지혜진

초판 1쇄 발행일 | 2021년 4월 5일
초판 3쇄 발행일 | 2022년 7월 5일

지은이 | 지혜진
펴낸이 | 사태희
편집인 | 최민혜
디자인 | 권수정
마케팅 | 장민영
제작인 | 이승욱 이대성

펴낸곳 | (주)특별한서재
출판등록 | 제2018-000085호
주 소 | 04037 서울시 마포구 양화로 59, 화승리버스텔 703호
전 화 | 02-3273-7878
팩 스 | 0505-832-0042
e-mail | specialbooks@naver.com
ISBN | 979-11-6703-005-4 (43810)